勇者に滅ぼされるだけの簡単なお仕事です

そのなな 7

AMANO HAZAMA
天野ハザマ

Illustration：ジョンディー

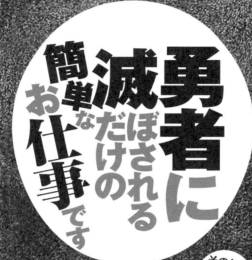

ヴェルムドール
異世界レムフィリアの暗黒大陸に
転生した新魔王。勇者率いる人類領域の
侵略に備え、魔族の統一を図る。
ニノ
ヴェルムドールに創造
されたメイドナイト。イチカを敵対視している。
ロクナ
魔王城の図書館守護担当。
頭脳明晰な魔人で、魔王軍参謀役。
メイド三人娘
クリム
マリン
レモン

イクスラース
「調和の魔王」を名乗っていた少女。
現在は魔王城に滞在中。
イチカ
ヴェルムドール付きのメイドナイト。
無表情かつ冷静沈着。
得意料理は芋スープ。
ルーティ・リガス
元勇者パーティの一人。
ジオル森王国の英雄。
魔王軍
サンクリード
西方将
アルテジオ
北方将
ゴーディ
中央将
ラクター
南方将
ファイネル
東方将

1

ザダーク王国の住民達の生活と深く関わる場所といわれたら、誰もが「ギルド」を最初にあげる。

仕事の仲介、商売に関連する申請、さらには生活全般の相談まで、ありとあらゆることをギルドは一手に担っていた。

そのギルドの中でザダーク王国最大の規模を誇るのが、王都アークヴェルムのギルド本部だ。

いつも多くの魔族でごった返しているその建物を、一人の少女が見上げていた。

「はぁー……凄い。なんだか、故郷を思い出すなあ……」

呟きながら、少女は辺りを物珍しげにキョロキョロと見回す。

大荷物を抱えた姿は、いかにも地方から出てきたばかりといった風体である。

彼女は見た目こそ幼いが、年齢はとても「少女」と言えるようなものではない。

人類種族であるメタリオとシルフィドのハーフで、百歳を超える立派な大人。しかも結婚もしている。

名前は、マルグレッテ。

ザダーク王国で鍛治を志す者ならば誰もが知っている、伝説の鍛治師である。

彼女については、前魔王崩御後、誰もが近づくことすら恐れた魔王城に入り笑顔で素材集めをしていたとか、エンシェントゴーレムに「ちょっと削っていいか」と真剣に尋ねていたとか、そんな噂話が囁《ささや》かれている。

しかし、これらは噂ではなく、実のところ全て事実であったりする。

鍛冶の素材になりそうだと感じたならば、ドラゴンの奥歯でも嬉々として引っこ抜きに行くのがマルグレッテという人物なのだ。

「ありゃ、お嬢ちゃん。どうしたんだ、迷子かい？」

「おいおい、魔人が見た目通りの年齢なわけないだろ。えーと、王都は初めてですか？　此処《ここ》はギルドですよ」

ギルドの中を覗《のぞ》いていたマルグレッテに、丁度そこから出てきた二人のビスティアが声をかけた。

最初に迷子かと聞いてきたのが黒色の猪のビスティア、次に王都は初めてかと言ったのが茶色の熊のビスティアである。

どちらも親切そうな顔をしているが、目的はナンパだった。

「あ、いえ。あー、初めてといえば初めてかもですね。前に来たのって確か、アークヴェルムができる前ですし」

「すると『お姉さん』のほうがいいのかな。なあ、おい」

「ハハ、すいませんね無礼な奴で。あ、俺はノートムで、こいつはキョウドっていいます。お嬢さん、よかったら……」

「え？　えーと……」

マルグレッテがどうやって断ろうかと考えていると、マルグレッテとノートム達の間にズイと男が割り込んできた。

マルグレッテを庇《かば》うように入ってきたのは、灰色の猫のビスティアだ。

「おいおい、通りかかってみりゃあ……こんなお嬢さんを男二人で取り囲みやがって。恥ずかしいと思わねえのかい？」

弓を背負ったそのビスティアを見て、ノートム達はうっと声をあげた。

彼の名前は、ミダム。狩人を生業《なりわい》とするクールでニヒルなミダムの目的は、やはりナンパである。

「お嬢さん。よかったら俺と旨い魚料理の店にでも行きませんか？」

「あのー……その、私はですね？」

困ったような笑顔で断ろうとするマルグレッテの肩に、また別の男の手がポンと置かれた。

「オイオイ、ミダムさんともあろうもんがナンパかい？　お嬢さんが困ってんじゃねえか」

「ぬっ……」

続いて出てきたのは、普段はだらしないながらも男気があると評判の牛のビスティア、エジィだ。

勿論《もちろん》、目的はナンパである。

「お嬢さん、こんな奴等はほっといて俺と遊びにいかねえかい？」

「いや、だから私はですね」

「……何をやってるんですか」

響いた声に、マルグレッテはパッと嬉しそうな笑顔に変わる。

「あーちゃん！」

「あーちゃん？」

こんな美少女にそんな親しげな名前で呼ばれるとは、どんな野郎なのか。

嫉妬交じりにビスティア達は、その方向を見て……表情が凍りつく。

「まったく……ちょっと放っておけばこれなんですから。だから一緒に来なさいと言ったでしょう」

「えへへ、ごめんなさい」

そこにいたのは、銀色の髪を短く切りそろえた一人の男。

明らかに魔人だと分かるその男は、ザダーク王国でも知らない者はいない。

四方将《しほうしょう》の一人、北方将アルテジオ。

光葬《こうそう》のアルテジオとも呼ばれる、ザダーク王国最強メンバーの一角だ。

「マジかよ……」

「いや、でも、あーちゃんて……」

ヒソヒソと囁《ささや》きあうビスティア達をよそに、マルグレッテは満面の笑みでアルテジオの胸元に飛び込んだ。

片手に串焼きを持ったアルテジオは、もう片方の手でマルグレッテを抱きとめると、ビスティア達をギロリと睨《にら》み付ける。

「ひえっ！」

思わずそんな声が出たビスティア達から視線を逸らさぬまま、アルテジオはゆっくりと告げる。

「……いいですか、その呼び名は妻以外に許した覚えはありません。即刻忘れるように」

「は、はいぃぃぃ！」

「よろしい」

コクコクと高速で首を縦に振るビスティア達から視線を外すと、アルテジオは自分の胸元に顔を擦り付けているマルグレッテを優しい瞳で見下ろす。

「ほら、マルグレッテ。串焼きは買ってきましたから、行きましょう。こんな所にいたら次から次へとナンパされてしまいます」

「えへへ、ごめんなさい。でも、やっぱり王都のギルドは立派だね！」

「ふふ、北のギルドと一緒にしたらダメですよ。あちらは実用性重視なのですから」

冷血と噂されるアルテジオの様子をポカンとした様子で眺めていたビスティア達だったが、振り返ったアルテジオに射殺されそうな目で睨《にら》まれ、蜘蛛の子を散らすように逃げ出した。

「……まったく、仕様のない」

「あはは、でもあーちゃん。私はあーちゃん一筋だからね？」

串焼きをモグモグと食べながら言うマルグレッテに、アルテジオはフッと笑って頭を撫でる。

「分かっていますよ。マルグレッテの愛を疑ったことは一度だってありません」

「うん！　あ、あーちゃんも食べる？　美味しいよ？」

串焼きを差し出されるも、アルテジオはゆっくりと首を横に振った。

「ありがとうございます、マルグレッテ。でも私は今、あまり空腹ではないのですよ」

「そうなの？　美味しいのになあ」

そう言って、マルグレッテは串焼きを幸せな気分で咀嚼《そしゃく》する。

よく焼いた突撃猪の肉に、特製のタレをかけた串焼き。

アークヴェルムの名物料理だが、実はこれは魔族の国ザダーク王国のみならず、人類領域を含む世界全体にとって革新的な料理であった。

この世界の料理は、塩や胡椒《こしょう》だけで味つけすることがほとんどである。他の調味料や香辛料がないわけではないが、実はそれらを組み合わせてタレにするという発想は、これまでなかったのだ。

故《ゆえ》に、単純に旨いものを作りたいという欲求でタレの開発に成功したザダーク王国の料理人達は、もっと尊敬されるべきだ、とマルグレッテは本気で考えている。

マルグレッテは百年以上も人類領域のシュタイア大陸には行っていないから、今がどうなっているのかは分からないが、たとえばこのギルドの建物一つをとっても、きっと現在のシュタイア大陸のものと比べて遜色《そんしょく》ないだろう。

ノルムと呼ばれる、メタリオとよく似た性質の魔族達の技術は、実に侮《あなど》りがたいものがある。

マルグレッテの鍛冶の得意分野は武器防具だが、ノルムの中にはマルグレッテを唸《うな》らせるセンスを持つ者がかなり存在するのだ。

勿論《もちろん》マルグレッテとて彼らに負けるつもりはなく、ライバル候補達の登場で、最近はさらにやる気に火がついていた。

「ねえ、あーちゃん。まだ約束の時間までは結構あったよね？」

「ええ、そうですね。何処《どこ》か見たい場所がありますか？」

そんなやる気に満ち溢れるマルグレッテがアークヴェルムに来ているのは、デートをするためだけではない。

「うーん。変わりすぎてて分かんないからなあ……」

「そうかもしれませんね。私ですら、しばらく離れると分からなくなります」

串焼きを食べ終わったマルグレッテとアルテジオは、並んで歩き出す。

そもそもマルグレッテが今日来たのは、魔王軍の西方将《せいほうしょう》サンクリードのためだ。

サンクリードの使う魔法剣は威力が強すぎて、剣がすぐに壊れてしまう。だから、魔法剣にも耐えられるような彼専用の剣を鋭意開発しているのだが、とりあえずの間に合わせの品として、マルグレッテは何本かの剣を持ってきていた。

剣を渡す際にサンクリードにそれらを振ってもらい、振り具合などを見て、今作っている剣の参考にしようと思ったのである。

勿論《もちろん》、それだけならサンクリードに工房まで来てもらえば済む話なのだが。

「……明日、なんだよねえ」

「ええ、明日です」

明日は、ザダーク王国がジオル森王国からの観光客の第一陣を受け入れる日。

暗黒大陸が初めて自主的に人類を受け入れる日である。

友好条約締結に際してジオル森王国の代表団がやってきたことはあるが、一般の住民にはあまり知られていない。ほとんどの魔族にとって、前回やってきた人類とは勇者達であることを考えると、初めての「お客さん」とも言える。第一陣は王族や貴族限定となるらしい。

「ねえ、あーちゃん」

「なんですか、マルグレッテ」

「このまま、平和で……いられるのかな」

不安そうな顔で、マルグレッテはアルテジオの腕に抱きつく。

現魔王ヴェルムドールが現れる前の暗黒大陸は、ひどいものだった。

勇者によって前魔王グラムフィアが倒されたことで、群雄割拠の時代に変わった。

そこに秩序はなく、最強の称号を求めて暴れまわる魔族達で溢れ返った。

当時から鍛冶師として有名になりつつあったマルグレッテは魔族達に狙われ、アルテジオがそれを斬り裂いてきた。

あの血に塗れた時代と比べれば、書類に埋もれる今のなんと幸福なことだろうか。

何しろ、マルグレッテの命ではなく、ナンパされる心配をするような状況なのだから。

それだけで、アルテジオには今の平和の尊さが理解できる。

「そのための観光計画です」

「……うん、そうだね」

マルグレッテを抱き寄せて、アルテジオは曇天《どんてん》の空を見上げる。

この晴れることのない空のように、我が国の未来がどうなるかも、未だ見えない。

それでも、やれることからやっていくしかない。

「きっと、望む未来はきます」

明日は、観光計画の本格開始日。

そこからきっと、何かが変わっていく。

それが良い方向に未来を導いてくれることを、今は祈るだけだった。

2

竜の尻尾亭は、アークヴェルムに造られた観光客用——つまりは人類用の国営宿泊施設である。

ザダーク王国の威信をかけて造られた竜の尻尾亭の従業員は当然魔族であり、人類の接客などしたことがない。

魔族相手の接客方法は非常に独特だ。通常、ザダーク王国の宿泊施設で従業員に教えるのはまず、宿を壊さないように客を制圧する方法である。次に教えるのは二度と暴れたくなくなる殴り方と締め上げ方であり、その次に客への礼儀を指導している。

とはいえ、人類相手に「暴れたら後悔させてやる」と言わんばかりの殺気を撒き散らすのはマズい。だから、竜の尻尾亭の従業員教育ではまず、人類の軟弱さと気弱さから教えなければならなかった。

対人類の接客については、実際に人類領域に行ったことのある魔族達――諜報部隊や、場合によってはヴェルムドール、東方将《とうほうしょう》ファイネル、参謀役ロクナといった面々――が直接教えた結果、「なんとかそれっぽい」とヴェルムドールが評するまでにはなった。

そんな竜の尻尾亭では現在、明日の開店に向けての準備で大忙しである。

何しろ、自分達の働きが人類のザダーク王国に対する評価にダイレクトに繋がるのだ。そんな大事な仕事を、初日から失敗するわけにはいかない。

「ハ、ハチェットさーん！」

「どうしました、騒々しい」

玄関ホールで忙しく動き回っていた施設長のハチェットが、慌てた様子で走ってくる一人の魔族の少女の声に振り向く。

「あ、あのですね……明日の夕食用に用意したリンギルが変異しました！」

「取り押さえて賄《まかな》いにしてしまいなさい。すぐに追加のリンギルを市場で買ってくるように」

「そ、それが今までのリンギルにない新技を持ってまして！　さっき副料理長がノックアウトされちゃいました！」

ハチェットは苦渋の表情でこめかみを押さえると、アワアワとしている魔族の少女に指示を出す。

「とにかく、貴女《あなた》は追加のリンギルの確保を。厨房には私が行きます」

「は、はい。リンギルタイフーンに気をつけてください！」

走っていく魔族の少女を見送った後、ハチェットは厨房に向かう。

リンギルはザダーク王国東方で栽培している果物だが、収穫時期を見誤ると魔力を溜め込みすぎて変異し、空を飛んだり収穫者を襲ったりするのだ。

何やら騒がしい厨房からは、色々な物が壊れる音が聞こえてくる。

食器の確保も必要だな……と考えながら厨房を覗《のぞ》くと、ハチェットの方に、何かに弾き飛ばされた料理長が背中から突っ込んできた。

それをハチェットは片腕で引っ掴《つか》んで床に降ろし、ジロリと睨《にら》み付ける。

「……何をしているんですか、貴方《あなた》は」

「も、申し訳ない。しかし、リンギルタイフーンが二段構えの技とは想像もつかず……ぐふっ」

口で「ぐふっ」と言って気絶する料理長をポイ捨てすると、ハチェットは厨房の中を改めて覗《のぞ》く。

「……これは酷い」

食材が厨房の中に散乱し、あちこちにノックアウトされた料理係達が倒れている。

壁に無数の包丁やフォーク、ナイフ、果てはスプーンまでもが突き刺さっているが、あれは誰かが乱れ投げでもしたのだろうか。

いくつかのリンギルが壁に縫いとめられている光景は、そういう芸術だと言い張れそうなシュールさがある。

さらにはブーメラン代わりにされたと思われる銀の皿が酒樽に刺さっているのを見つけて、ハチェットは頭痛が酷くなるのを感じた。後であれをやった奴はぶん殴ろうと心に決めながら、そもそもの原因であるリンギルを睨《にら》み付ける。

厨房の中央で勝利を高らかに謡うかのように乱れ飛んでいる無数のリンギル達。ハチェットの視線を感じたのか、そのうちの一つが厨房の入り口に立つハチェットへと猛烈な勢いで飛んでくる。

強力な拳の一撃にも似たその攻撃を、ハチェットはかわすことすらしない。

「……はぁ」

ただ小さく溜息をつくと、飛んできたリンギルを正面から掴《つか》み取った。

「失敗しました……まさかここまでの惨状とは。鍛え方が甘かったですかね。いや、それよりも早急に買出し部隊の編成を……」

手の中のリンギルを粉々に砕くと、ハチェットは厨房を飛び回るリンギルを憂鬱《ゆううつ》そうに眺めた。

「……まったく、余計な仕事を増やしてくれますね」

手近に刺さっていた包丁を一本壁から引き抜くと、ハチェットはリンギル達へと飛びかかる。

銀光が煌《きらめ》いたのは、ただ一瞬。

その無数の銀光は、リンギル達を一口サイズにカットしていく。

そのまま放置していれば、カットされたリンギル達は床や机に落ちてしまっただろう。

しかし、そうはならなかった。なんとか意識を保っていた料理係達が、手にボウルを抱えてカットされたリンギルを回収していったのだ。

「ハチェットさん、支援は俺達に任せてください！　今の俺達でもそのくらいはどうにか……！」

「支援？」

ハチェットは料理係の言葉に、首を傾《かし》げる。

「おかしなことを言いますね。もう終わりましたよ？」

その言葉と同時に、残っていたリンギルが今度は四等分にカットされて落ちてきた。

料理係達が慌ててそれを地面に落とさないように回収したのを見届けると、ハチェットは包丁を調理台の上に戻す。

「すぐにダメになった食材と器具、食器のチェックをします。終わったら買出し部隊の編成を。あと、銀皿を投げた馬鹿は覚悟しておくように」

「は、はい！」

手早くチェックと片づけを始める厨房に、今度は接客係が飛び込んでくる。

「ハチェットさん！　お土産用の置物が届いたんですけど、何処《どこ》置いときましょう⁉」

「チェックは済んでるんですね？　いえ、いいです。私が確認します。向こうの担当者は逃がしてませんね？」

「は、はい！　ギークが雑談で足止めしてます！」

何やら物騒な会話をしながら厨房を出るハチェットと接客係だが、それは当然のことだ。

この観光計画はザダーク王国の威信をかけた一大事業。そこに関わる物品に一切の手抜きは許されない。

納品リストを捲《めく》りながら廊下を進むハチェット達のもとに、今度は別の接客係が駆け寄ってくる。

「あ、ハチェットさん！　予備の制服が届いたんですが、地下倉庫で構いませんか⁉」

「問題ありません。ただし、保存の魔法は忘れずかけるように」

ハチェットはそのままホールに到着し、山と詰まれた木箱のもとへ向かう。

丁度そこでは、一人の接客係とノルムが楽しそうに会話をしていた。

「お待たせしました。施設長のハチェットです」

「ん？　おお、これはどうもご丁寧に。今回の土産物の監修のテックハーゲンです」

テックハーゲン。その名を聞いて、ハチェットは驚いたように目を見張る。

「テックハーゲン？　まさか、赤鉄のテックハーゲン殿ですか？」

「ハハハ、そのテックハーゲンです。いやいや、その名で呼ばれるのも久々ですな」

ザダーク王国全土で使われている金属、赤鉄の開発者テックハーゲン。

ノルムの職人でも特に有名である彼がこの仕事に関わっているのは知っていたが、本人が直接来るとはハチェットにも予想外だった。

「まさか貴方《あなた》が来るとは……」

「いえいえ、今回の仕事は国の威信をかけた一大事業。届ける瞬間まで気を抜きたくはありませんからな」

「……なるほど。流石《さすが》はテックハーゲン殿」

そう言って笑うと、ハチェットは木箱の中から一つの小さな箱を取り出した。

その中に収められているのは、魔王城を模した小さな石の彫刻だ。特に何の効果もない置物ではあるが、精巧な細工はザダーク王国の技術の高さを伝えるには充分である。

それを何度かひっくり返して頷くと、ハチェットは他にもいくつかの置物を取り出して同じことを繰り返す。

「はい、問題ございません。確かに受け取りました」

「それはよかった。では受け取りのサインをいただけますかな？」

テックハーゲンの差し出した書類にサインをすると、ハチェットは手近な従業員に箱を倉庫に運び込むように指示をした。

「あの……ハチェットさん」

「何ですか？」

「ちょっとした疑問なんですけど、ほんとにそんな簡素な置物でいいんですか？　もっとこう、他にもお土産になりそうなものは色々あると思うんですけど」

接客係の質問に、ハチェットはふむと頷く。

確かに言う通りだが、これにはきちんと理由がある。

「そういう色々なモノは、街中で買ってもらおう……というのが魔王様のお考えなのですよ」

宿で提供するものは、あくまで記念品だ。

手のひらサイズの荷物にもならないミニ魔王城を眺め、ハチェットは明日から始まる本番のことを思う。

「ハ、ハチェットさーん！」

そんな背中にかけられる声と足音に溜息をつき、ハチェットはミニ魔王城を箱にしまった。

どうやら、まだ片付けねばならない仕事は山ほどあるようだ。

3

ザダーク王国の各地で明日の準備が進められる中、魔王城でもまた同様の仕事に追われていた。

明日の観光客第一陣には、ジオル森王国の王族もいる。流石《さすが》に王族を一般客と同じ竜の尻尾亭に宿泊させるわけにもいかず、魔王城では王族の歓待の準備をする必要があった。

もともと、この日までに魔王城メイド部隊が完成するはずだったのだが……諸事情により、メイド部隊はクリム、マリン、レモンの三人娘のみだった。

クリムは掃除、マリンは部屋の準備を含む各種の雑務、レモンは料理の下拵《したごしら》えの真っ最中だ。

魔王直属であるメイドナイトのイチカが忙しいのはいつものことだが、今日はサボリ魔のニノまでもがフル稼働である。イチカと同じ魔王直属メイドナイトのニノは、普段はヴェルムドールの側にいるだけだ。しかし、さすがに今日はヴェルムドールに直接頼まれたとあって、働く気になったようである。

さらに言えば中央軍所属の魔人オルエルは買出し、同じく中央軍所属のアウロックは……つまみ食いがイチカにばれて、裏庭の芋畑に頭だけ出して埋められていた。

そうして魔王城全体が忙しく動き回る中、二階のテラスにヴェルムドールと中央将ゴーディの姿があった。

「むむ……魔王様、その手は待っていただけると」

「ダメだ。この手を待ったらお前、そこのサンクリードで決着を狙う気だっただろう」

「ぬう、バレましたか」

「お前の必勝パターンくらい把握している。自分の手を研究されていることも考慮するべきだな」

二人がやっているのは、ザダーク王国全土に広がったボードゲーム「魔王軍大演習」である。

といっても、二人ともサボっているわけではない。

ヴェルムドールは手伝おうとして「いいから休んでいてください」とイチカに断られただけであるし、ゴーディはそんなヴェルムドールの護衛をしているのだ。

別にゴーディが壊滅的に不器用だから、イチカに動くな触るなと言われたわけではない……とは本人の談である。

そういうわけで、暇を持て余しゲームに興じているのだ。

「ふーむ……これは手駒の再構成をする必要がありますな」

「ああ、いいぞ。時間はたっぷりあるしな。それにどうせ、次も俺が勝つ……次勝ったら、俺の七連勝か？」

自信満々に言うヴェルムドールに、駒を入れた箱を弄《いじ》っていたゴーディの手がピタリと止まる。

しかし、すぐにカチャカチャと駒を弄《いじ》りだすと、ゴーディは不敵に笑った。

「フッ、それはどうですかな？　気づかぬうちに某《それがし》の必殺の一手が首元に迫ったことが何度あったことやら。それを見抜けぬようでは、次は某《それがし》の勝ちですな」

「ほう、言うじゃないか。なら、次お前が勝ったなら……そうだな。この前羨ましがっていた、限定彩色版のお前の駒をやろう」

「……確かに聞きましたぞ？　某《それがし》を侮《あなど》ったこと、後悔なさるとよろしかろう」

「やってみろ。叩き潰されてから同じ台詞《せりふ》が言えるか確かめてやる」

邪悪。そんな表現がピッタリな表情を浮かべて、二人は笑い合う。

ヴェルムドールとゴーディの「魔王軍大演習」の実力は、互角だ。ただし、低いレベルで。

普段、ヴェルムドールは書類に埋もれ、ゴーディは遊びというものにほとんど手を出さない。

結果として、二人は魔王城の中でもこのゲームに関して最弱に位置することになってしまったのだが、その二人が遊ぶと、なかなかに白熱した戦いになる。

たとえば、これがニノ相手となると二人とも大差で敗北し、イチカが相手となると、向こうにゴブリン限定のハンデを課しても圧勝される有様であったりする。

単純にプレイ時間で言えばイチカのほうが少ないはずなのだが、それはセンスというものだろう。

少しの無言の時間が訪れ、ヴェルムドールはゴーディが真剣な表情で駒を確かめているのをじっと眺める。

「どうされました？」

「いや、なんでもないさ」

ゴーディにそう答えると、ヴェルムドールはテラスの外へと視線を向けた。

ここからだと、アークヴェルムの街がよく見える。明日の準備のためか、今日は街中を走り回る者がやけに多い。忙しそうではあるが、その顔はどれも喜びに満ちていた。

「……随分と、発展したな」

「ええ、魔王様の治世の賜物です」

駒を弄《いじ》る手を止めないまま、ゴーディはそう返す。

ちょっと前まで、この魔王城の外には何もなかったのだ。それが今は、こうして立派な街ができている。魔王たるヴェルムドールを慕う魔族が集まり、アークヴェルムができ、各地に文明的な魔族の村や町ができ上がった。

そして今、観光計画による雇用の創出でアークヴェルムの人口はさらに増えた。

そこまで考えて、ヴェルムドールは思わず噴き出す。

実力主義の単純な世界で生きていた魔族達が、今は雇用というシステムの下で過ごしている。

街には様々な嗜好品が溢れ、ゴブリンですらファッションを気にするようになった。

といっても、嗜好品がデザイン重視のナイフや武器飾りであったり、流行のチェインメイルの編み方などが話題になったりするあたり、魔族の実力主義や脳筋という性質自体が変化しているわけではないようだが。

とにかく魔族は魔王ヴェルムドールのもとで確かな文化を手に入れ、それを受け入れた。

その結果、ジオル森王国との交易や観光ツアーなどが可能となったのだが……考えてみれば、元からそれを可能にするだけの下地はあったのだ。

それを活かしていなかったのは前魔王のグラムフィアであり、あるいはその発展を阻害したのは勇者達であっただろう。

もし最初からこうだったなら、勇者達も魔族を単純に滅ぼすべき敵とは考えなかった……かもしれない。

ヴェルムドールはここまでの発展を最初から想定していたわけではないが、それでも自分のやっていることは正解だったと思える。

「……よし、こちらの準備はできました。覚悟はよろしいですかな？」

聞こえてきたゴーディの言葉に、ヴェルムドールはハッとする。

すぐに自信満々の笑顔を作り直し、ヴェルムドールは盤に駒を並べ始めた。

「そうかそうか。もっとかかるかと思っていたが……諦めたということか？」

「ご冗談を。戦略さえあれば、後はそれに合う駒を選ぶのみ。某《それがし》の将としての才能を甘く見られては困りますな」

「くくっ、その理屈でいけば魔王たる俺の才能を甘く見てもらっては困るがな」

言いながら、ヴェルムドールはコインを投げる。

二人で遊ぶときのルールは、表ならばヴェルムドールが先攻、裏ならばゴーディが先攻である。

結果は……裏。

「どうやら、運は某《それがし》にある様子。先程のお約束は果たしてもらうことになりそうですな？」

「どうかな。先に攻めるのが有利とは限らんぞ。何処《どこ》その人類の王国を見ていれば分かるだろう」

「さて、某《それがし》は魔族ですからな。では、この魔操鎧《まそうよろい》を此処《ここ》に……と」

ヴェルムドールがゴーディの一手を見て、ふむと唸《うな》る。

今までのゴーディの戦術とは違う、文字通りの攻めの一手。防御からのカウンターが得意なゴーディには似合わないようにも思える。

その意外性を狙ったのかもしれないが、基本的に魔操鎧《まそうよろい》は防御向きの駒だ。それをあえて攻撃の最初の一手に使う意味が、必ずあるはず。

「むむ……」

「さて、某《それがし》の戦術を読み切れますかな？」

ニヤリと笑うゴーディに負けまいと、ヴェルムドールは必死に頭を働かせる。

しかし、考えれば考えるほどゴーディの罠にはまる気もする。

どうしたものかと思い……ヴェルムドールはふと、自分達を見つめる視線に気づく。

「……ん？」

視線の方向――テラスの入り口に視線を向けると、そこには布団を抱えて運んでいるニノの姿があった。どうやら仕事の真っ最中のようだが、いつもの不機嫌そうな表情をさらに深めて、ニノはヴェルムドールとゴーディを見ている。

「どうした、ニノ。何か用か？」

「……」

「ニノ？」

ヴェルムドールの問いにニノは答えず、布団を抱えたまま無言でヴェルムドール、ゴーディ、そして机の上の盤に視線を向けて……もう一度、ヴェルムドールを見た。

「ニノ、どうした？」

少し心配になったヴェルムドールが椅子から立ち上がると、ニノは布団をその場に下ろす。

そのまま布団を静かに見下ろし、ニノは両手を広げて布団に倒れ込んだ。

フカフカの布団にモフモフと体全体を押し付けながら、ニノはじとっとした目でヴェルムドールを睨《にら》む。

「……お、おい。ニノ？」

「ニノは深く傷ついた」

「ん？」

どういう意味だろうとヴェルムドールが聞き返すと、ニノは布団に顔を押し付ける。

「ニノはこんなに頑張ってるのに、ゴーディは魔王様と楽しそうに遊んでる。ニノだってゴーディみたいにカップを洗おうとして粉砕するような不器用さがあって、ゴーディみたいに魔操鎧《まそうよろい》を真っ先に突撃させるような下手糞だったら魔王様と一緒に遊べたのに。ニノは自分の有能さが恨めしい」

「粉砕ってお前……いや、突撃……？　あ、まさか！　お前この一手、さてははったりだな!?」

「チッ！　よくお気づきになりましたな！」

舌打ちするゴーディに次の一手を打つと、ヴェルムドールは椅子から立ち上がってニノに近づいていく。そして、布団で不貞寝《ふてね》しているニノの側にしゃがみ、優しげな笑みを向けた。

「まあ、ニノ。そう言うな。俺はお前を頼りにしているんだぞ？」

その言葉を聞いたニノはチラリとヴェルムドールを見ると、ヴェルムドールの袖をクイと引っ張った。

「魔王様が傷ついたニノよりゴーディを優先したから、ニノはさらに傷ついた。魔王様は責任とって、ニノを可愛がるべき」

「む、うーむ……ニノが仕事を終えてから、というのはダメか？」

「今から仕事を魔王様とニノの共同作業にすればいい。できればイチカの目の前が最高」

「うーむ……しかしなあ……あー、まあ。仕方ないか。ゴーディ、ゲームは中断だ。お前もニノの仕事を……」

「ゴーディはいらない」

そして放置された布団を通りがかった魔操鎧《まそうよろい》達が手際よく運んで行き、ニノの仕事をヴェルムドールとゴーディが邪魔にならない範囲で手伝い始める。

そんな三人を見つけたイチカは、とりあえず何も言わずにそのまま去っていった。

相変わらずザダーク王国の空は曇天《どんてん》で、それは今日も明日も変わることはない。

しかし、忙しそうに動き回る人々の心には、確かな光が満ちていた。

4

勇者伝説によれば、暗黒大陸は、その名の通りの場所であるという。

『曇天《どんてん》の空からは光が射さず、風には血の匂いと感覚を狂わす濃厚な魔力が混ざっている。

地にはまともな作物が育たず、不可思議な植物と魔樹の生える森が広がる。

荒れ狂う最果ての海に囲まれたこの地はまるで、考えうる限りの苦痛と地獄を凝縮したかのようだ』

「……と、これが貴方《あなた》達人類の本に記されている、我々の大陸に関する記述です」

そう言うと、ザダーク王国の外交官ナナルスは手元の本をパタンと閉じた。

ジオル森王国の王城前に広がる庭園に集められてナナルスの話を聞いているのは、これからザダーク王国へと向かう観光客の第一陣、総勢二十四名だ。

試験的な側面が強い今回は、「厳正なる抽選」で選ばれた二十二名と、その他二名で構成されている。この場合の「厳正なる抽選」というのは、厳正なる調査によって選別された中からの抽選、という意味だ。

その他の二名というのは、ジオル森王国の第四王子エリックと、かつて勇者リューヤとともに前魔王グラムフィアを滅ぼした、ジオル森王国の英雄ルーティ・リガスである。

エリックは王族代表での見極め役、ルーティは特別枠としての招待である。

「さて、ではこれが何処《どこ》まで真実なのか。それはこの後のお楽しみにしますとして……注意事項を説明させていただきます。まず、街中での差別的発言の禁止。次に街中での攻撃魔法、それに近い魔法の使用禁止。武器の使用も禁止となっております。これは皆様の身を守るためでもありますので、遵守《じゅんしゅ》くださるようお願いいたします」

そうして説明されていくルールは、主に以下のようなものだった。

言葉、あるいは何らかの攻撃手段による示威《じい》行為、あるいは戦闘類似行為の禁止。

指定された区画以外への出入り禁止、指定された物品以外の取引の禁止。

こうして言葉にすると制限が多いように感じられるが、仕方のない面もある。

何しろ、人類を客として招き入れるのは初めてなのだ。

目の届かない場所で何があるか分からないし、物品についても、たとえば魔力を多く含むものが人類にどんな影響をもたらすか予測不可能だ。

そうした危険性を考慮した結果、現状の形となったのだが、今後様子を見ながら制限を緩めていく予定である。

「さて、それでは皆様をザダーク王国へとご招待するわけですが……ご存知の通り、両国間を繋ぐ安定したルートというものはございません」

これもまた、周知の事実だ。

勇者が乗ってきた聖竜イクスレットの話になぞらえて、ドラゴン達で最果ての海を越えるという方法もあるが、確実に安全だとはいえない。

「そこで、ザダーク王国の擁《よう》する転送員によって皆様の送迎をいたします。事前にお知らせしております番号の転送員のもとへ行き、彼らの指示に従ってください」

ナナルスの説明にあわせて、庭園に一定間隔で並んでいた転送員の魔族達が番号札を掲げる。

「皆様をご案内する転送員は、ザダーク王国の審査で認定された転送技能を有する者達ですので、どうぞご安心ください。それでは、よい旅を……」

説明を終え、次から次へと転移していく観光客達。

そして最後に庭園に残ったのは、ジオル森王国の兵士達とナナルス、そしてエリックとルーティだけだった。

「……ふむ、ナナルス殿。私とルーティ殿の担当の転送員が見当たらないのだが……？」

「ええ、お二人に関しては特に安全に配慮せねばならないということで、特別な転送員を用意しております」

「特別な……？」

「ええ、まもなく到着するはずですが……」

転移光が三人の側に現れ、ナナルスの言葉が途切れる。

やがてそこに現れたのは、一人の女性の姿だった。

それはエリックに感嘆の声を上げさせるほどに美しい顔立ちを持つ人物で、そしてルーティにとってはよく知った相手でもあった。

「転送員のファイネルだ。ナナルスより聞いていると思うが、二人は特別コースにて案内することになる。現地ではまた違う者が案内することになるが……まあ、あとはその者に聞いてほしい」

「ファイネル様、口調が……」

「うっ……わ、分かっている。あー……まあ、そういうことで……んんっ。ご案内しますので、私から離れぬようにご注意ください」

そう告げて、ファイネルは二人に両手を差し出した。

その手をエリックとルーティがとると、ファイネルはしっかり握り返す。

そうして転移魔法が起動し、一瞬の後に、三人の周りの風景はザダーク王国の魔王城一階、大広間に変化していた。

荘厳《そうごん》という言葉が似合う大広間は明るい光に溢れ、清廉《せいれん》な空気に満ちている。

しかし、それにエリック達が目を凝らす間もなく、目の前に立つ女性が一礼した。

「……ザダーク王国へようこそ。私はお二人の案内役を務めます、メイドナイトのイチカと申します」

「あ、ああ……私はエリックだ。今日はお招きいただき感謝する」

「ルーティです。どうぞよろしくお願いしますね」

確かイチカという人物は、魔王ヴェルムドールの直属だったはずだ……と、ルーティは思い出す。

ルーティは予想以上に自分達が特別扱いされていると理解し、同時に、エリックがイチカに強い興味の目を向けていることに気づいた。

ルーティは、小声でエリックを諌《いさ》める。

「……エリック王子、初対面の相手に失礼ですよ」

「え？　あ、ああ……すまない」

ハッとしたように視線を外したエリックに、イチカは冷静に言葉を返す。

「私に、何か至らぬ点でもございましたか？」

「い、いや！　そういうわけではない。ただ……その、なんだ。本物のメイドナイトを見るのは初めてで……それに勇者リューヤも黒髪だったと父や兄から聞いていたからな。貴女《あなた》のような髪であったのだろうか、と思ってな」

「……なるほど」

イチカは頷くと、手をパンと叩く。

すると、大広間の向こうから慌てたように一人の黒毛のビスティアが走ってきた。

「な、何だよイチカの姐《ねえ》さん！　俺の出番はまだだろ!?　あ、まさか……やっぱりイチカの姐《ねえ》さんじゃ無愛想すぎて間がもたな……」

大声で騒ぎ出すアウロックを殴って床に沈めると、それをイチカは指差す。

「髪の長さでいえば、このくらいだと思われますが」

どちらかというと長毛種に近いアウロックの頭髪部分の長さは、人類領域でよく見られる成人男性の髪型に近い。しかも、黒毛……もとい、黒髪である。

それを見て、ルーティもああと頷く。

確かに、しっかり手入れされていると思われるイチカの髪よりは、アウロックの少しごわごわとしていそうな黒毛のほうが記憶にあるリューヤに近い。

「そうですね。確かにこちらのほうが近いかもしれませんよ、エリック王子」

「そ、そうなのか……」

「ああ、触るのはお勧めしません。磨いてはいますが、駄犬ですので」

エリックはそれを聞いて、伸ばしかけていた手を引っ込めた。

即座にやってきた二体の魔操鎧《まそうよろい》が、倒れているアウロックの腕と足を掴《つか》んで運んでいく。

それをエリックは見送り、感嘆の息を吐いた。

エリックの知るビスティアは野蛮で恐ろしい怪物ばかりだが、今のビスティアは恐ろしいどころか、確かな知性とひょうきんさを兼ね備えているように見えた。

「アレについてはまた後でご紹介いたしますが、一応国内のビスティアの代表格です。そちらの大陸のものと違うのはご理解いただけたかと思います」

「ああ、まあ……な」

言いながら、エリックは部屋の隅に整列している魔操鎧《まそうよろい》達に目を向けた。

彼等の一部がジオル森王国の国境警備を担っていることは知っていたが、その実力の高さからみて、ジオル森王国に派遣されたのは、選び抜かれた精鋭であろうと考えていたのだ。

しかし、その彼等と同じ強さを秘めていると思われる魔操鎧《まそうよろい》達が此処《ここ》にいる。

もしエリックの想像通りならば、この大広間に並んだ魔操鎧《まそうよろい》達だけでもジオル森王国の騎士団と正面からやりあえるはずだ。

もっとも、高いレベルの魔法を使うジオル森王国の騎士団が負けるはずなどないと考えているし、友好国であるザダーク王国との戦力差を比較するのは信義に反する行為でもある。

当然それは理解しているのだが……考えてしまうのだ。

たとえば、先程のビスティアにしてもそうだ。

もしあれが暗黒大陸の――ザダーク王国の常識であるならば、シュタイア大陸のビスティアとの違いは何なのか。魔王ヴェルムドールの治世の結果なのだろうか。

もしそうならば、ザダーク王国との友好は考えていた以上に大きな意味を持つことになる。

「二階のテラスで、お茶の用意を整えております。まずは、ゆっくりとお寛《くつろ》ぎください」

エリックが思考の海から戻ってきたタイミングを見計らい、イチカがそう声をかけた。

「あ、ああ……ところでイチカ殿。他の観光客は……」

「はい、今の時間は城下町の大通りを見学中です。二階のテラスから様子をご覧いただけますよ」

「私達も、それでよかったのだがな」

「そういうわけにもまいりません。ご理解ください」

無論、それはエリック自身にも分かっている。友好国の王族という身分は、決して軽くない。ザダーク王国側が特別な対応をしているのは当然である。

しかし、そんな対応をされたからこそ、一般的な「凶悪な魔族」の話を聞かされてきたエリックは思ってしまうのだ。

「……ルーティ。私は、かの伝説の時代を知らぬが故《ゆえ》に言えるのだが……私には魔族が伝説の語るような邪悪なものであるとは思えぬ。しかし、人類と魔族が敵対していたことは動かしようもない事実だ。それでも、思うのだ……伝説の真実は今我々が抱えるような、ただの国家間の紛争に過ぎなかったのだろうか？」

その言葉に、ルーティは何と答えるべきかと迷う。

ルーティが――勇者リューヤが戦った人類領域の魔王シュクロウスは、間違いなく人類の敵だった。そして、シュクロウスによって存在が明らかになった、暗黒大陸の大魔王グラムフィアもまた、確かに邪悪だった。それは間違いない。

しかしその一方で、ファイネルのような「敵でなければ友人になれたかもしれない」魔族と出会ったのも確かだ。

あの戦いは、間違いではなかったと思っている。

だが……魔族自体の認識はどうだろうか。

ファイネルは、サンクリードはどうだろうか。ヴェルムドールも、決して善とは言えないが唾棄《だき》すべき邪悪であるとも言えない。

迷い、答えを出せないルーティの様子を感じ取ったのか、二人を先導していたイチカが静かに口を開く。

「……過去がどうであるかに、意味はございません」

「ほう？」

「必要なのは、現在がどうであるか……でございますでしょう？」

階段を上りきったエリック達の頬を、涼やかな風が撫でる。

テラスから見えるのは、伝説の通りの曇天《どんてん》の空。そして、広がる街の風景。

「現在がどうあるか……か。なるほど、たかが五十年しか生きておらぬ私が今回選ばれたのは、そういう意味もあるのかもしれんな」

エリックはそう呟くと、テラスから街に視線を向けた。

5

テラスにいるエリックを目に留めた者は、城下町の中でも多かった。

普段は魔王軍の誰かが出てくる場所に、見たことのない人物がいて珍しかったのかもしれない。

その中には、城下町の商店街を観光中のシルフィドの一行もいた。

彼らからしてみればザダーク王国の住民達のような物珍しさではなく、むしろよく知っている顔が目立つ場所にあったが故《ゆえ》の注目である。

「お、あれはエリック様じゃないか？」

一人の銀髪のシルフィドが、魔王城を指差す。特別枠のエリックとルーティ以外の観光客達は今、丁度案内役の魔族から魔王城の説明を受けようとしていたところであった。

「お、本当だ。いやあ、眺めがよさそうだ」

「ハハハ、少しばかり羨ましいですな」

「はいはーい、お静かにー。説明始めますよ」

そう言って、案内役の魔族の女性――モカが手を叩く。

彼女達が今いるのは、魔王城の正門前だ。開け放たれた門からは美しい庭園が見えていて、その風景は「魔王城」という言葉でイメージするおぞましさからはかけ離れている。

「さて、ご覧の城が我が国の偉大なる国王にして魔王、ヴェルムドール様のお住まいになっている魔王城でございます。実は現在、全面的な改装を実施しておりまして、ザダーク王国の最新の建築技術が駆使されております。夜になると、このアークヴェルムの名物とも言えるイベントがございますが……それは後々のお楽しみということでっ」

「質問があるのだが、よろしいだろうか」

説明が途切れるのを待って発言した一人のシルフィドの男に、モカは笑顔を向けて頷く。

「今、最新の建築技術という話があったが……かの伝説の時代の魔王城も、今でも再現不能と言われる数々の魔法技術が詰め込まれた城であったと聞く。そういった面でも最新と考えてよいのだろうか？」

シルフィドの男の言葉に、他のシルフィドもそういえば……と思い出す。

確かに伝説では、城全体を覆う巨大結界、資格なき侵入者を拒む扉など、真実か誇張かも分からないような様々な仕掛けが出てくる。

「詳しくは国防上の秘密になるのでお答えできません……が、魔王城はあらゆる意味で最新技術の結晶であるとだけお答えしますっ」

実際は、伝説の時代——つまり前魔王グラムフィアの時代に失われた技術も相当数あるし、必要ないとされ使われていない技術も当然ある。

「なるほどな……」

男の興味は、それが今後の交易における対象となるのかどうか、だった。此処《ここ》でそれを言うのが場違いだから口に出さないだけで、男の瞳はそびえ立つ魔王城に釘付けだ。

いや、男だけではない。他のシルフィド達も、何らかの分野でジオル森王国に関わる貴族達である。国を発展させる意欲を持つ貴族ばかりが選出されたせいもあり、彼等は自分達が目の当たりにしたザダーク王国という未知の可能性に魅せられていた。

かの勇者伝説では、ほぼ未開の地のように描かれていたし、ザダーク王国の窓口はナナルスという外交官一人で、彼から語られる魔族の国の様子は限られたものだった。

実際の「ザダーク王国」という国をその目で見た者は王と一部の大臣達しかおらず、他の貴族達は話を聞いても半信半疑でしかなかったのだ。

だからこそ未開の地のイメージが抜けず、ザダーク王国からの主な輸入品が農産物であっても、むしろ当然と考えていた。

そういう意味では、彼等は今初めて、「ザダーク王国」という国を理解したのだ。

「魔族の住むよくわからない場所」であったザダーク王国は、彼等の中で「友好国であり有望な取引相手」に修正されていく。

ザダーク王国の魔族が理知的であることは、ジオル森王国の貴族であれば、ある程度は知っている。それでも対外的な国の立場を考えれば、大っぴらに魔族との友好を、とは言えない部分もあった。

ジオル森王国内でも、魔族を支援して人類を滅ぼす気かと声高に叫ぶ者も多く、そうした声に対する反論として「話してみると実際はいい奴らだよ」では通じないのが政治であり、外交というものだ。

だが、ザダーク王国が他の国と比べて遜色《そんしょく》ない文化レベルを持つ国であるということが分かれば、話は別だ。成熟した文化と広大な領地を持つザダーク王国は友好国として相応《ふさわ》しいし、友好関係を築くことで世界の平和が保てるならば、それが一番いいに決まっている。

「さて、それでは次は商店街の中へと進んでいきますよー。こちらの商店街はアークヴェルム第一商店街といいまして、一軒の鍛冶屋が店を出したのが始まりであるとされていますが、実際のところはよく分かんないです。どの店も大体同時期ですし、気にしたところでしょうがないからですね」

「いや、しかしそれは……ハッキリさせたほうが今後のためになるのでは？」

「んー、そうでもないですよ。それに皆、そんなことよりも今現在自分のところが一番だと言って欲しいって店ばっかりですから。歴史的な情報なんて、今お話しした部分だけで充分なわけです」

モカの言葉に、シルフィドは口を閉じる。

確かに『元祖』や『初代』といった称号は、「過去」でしかない。それが品質を保証するものでもなければ、現在一番である証でもないのだ。

「さて、ここで注意事項です。そういう店ばっかりですので、決して何処《どこ》が一番か、みたいな話はされませんようお願いします！　特に今日は外からのお客様来訪とのことで、どの店も昨日から徹夜で準備してますので、不用意な一言が余計な騒ぎになりかねません。ご理解くださいませー」

「余計な騒ぎ……？　わざわざ他国に来てまで何かを貶《けな》すほど愚かではないが」

自分達を侮《あなど》っているのかと不快そうに口にする一人のシルフィドに、モカはチッチッと言いながら人差し指を振る。

「違います、違います。一番だとか最高だとか、そういう言葉が危険なんです。皆、自分こそがそうだって自負がありますからねー。なので感想を言うときは、普通の感想で大丈夫です。もう最高って言って欲しくてたまらない連中ばっかりですから、余計なエサをあげないでくださいねー」

約束ですよっ、と言う案内人に、シルフィド達は顔を見合わせる。

その話だけを聞くと、若手の新進気鋭な職人の群れのようにも思える。しかし、目の前に見える商店街には普通の飲食店もあるようだ。まさか全ての店がそうだというわけではないだろう。

不思議に思うシルフィド達をニコニコしながら見ていたモカは、その笑顔をフッと消す。

「……私、本気で言ってますからね？　一軒残らずそうですからね？　気をつけてくださいよ？」

「……あ、ああ。了解した」

その迫力に、先頭にいたシルフィドは思わず頷く。

そして、シルフィドは見た。

案内役のさらに先、商店街に並ぶ店。その中から、チラリと誰かの顔が覗《のぞ》いたり引っ込んだりしているのだ。

「えー、では説明しますね。基本的にザダーク王国では、露店形式の店はないです。そのため、どんな店でも店舗を構えています。一般的なのは対面式、ちょっと自信のある店だと客席を設けたりしていて……」

モカの説明を聞いている間も、シルフィドは店員と思われる者の視線が気になって仕方がない。

それは人類に対する興味や奇異の視線ではない。明らかに、期待の視線なのだ。

何を期待しているかは、モカの説明を聞いていれば充分すぎる程に分かる。

「……そんなわけで、ザダーク王国における串焼きの発展には、職人の努力が根本にあったといえるわけですね。現在では塩焼きがマイナーでタレ焼きが基本となっているわけですが、ここにきて素材の味を活かすべきという原点回帰の流れが生まれてきているのもまた面白い現象であると……」

見られている。

その視線にシルフィド達は、どうにもむず痒《がゆ》い気分になる。なるほど、これは確かに不用意なことは言えない。

「さて、まだまだご紹介すべき所はあるんですが。説明だけではつまらないでしょうから、実際に幾《いく》つかの店舗に寄ってみましょうか！　何かご希望は……」

「あ、いや。待ってくれ！」

冗談じゃない、こんな状況でどの店がいいとか言えるわけがない――そんな思いのこもったシルフィドの必死の制止を受けて、案内役は声を上げて笑った。

「あはは、いえいえ。ご飯系かお土産系か、どっちがいいかなーと思いまして。おおっと、武器防具系はご勘弁くださいね！」

一部の店からの視線がなくなったのを感じると同時に、その他の店からの視線がより強くなったのをシルフィド達は感じる。

「さ、行きましょうか。大丈夫、怖くないですよー！」

嘘をつけ――その言葉を、シルフィド達はグッと呑み込むのだった。

6

商店街の中に入ると、まだ昼時には早いもののチラホラと食事をする者の姿が見えた。

しかし、その風景はシルフィド達も知っているそれに似ていながらも、決定的に違う。

「あれは……ゴブリン、か……？」

「隣で飯食ってるのはビスティアだぞ……？」

シルフィド達の視線の先では、同じデザインの作業服らしきものを着たゴブリンとウサギのビスティアが、同じテーブルで向かい合ってスープを飲んでいた。

彼等は、シルフィド達の方を振り向きもせずにスープを飲みながら雑談している。

しかし視線は感じるようで、居心地悪そうに体を揺らした。

「オイ、見られてるゾ」

「あれだろ、ほれ。店長が言ってた観光計画の第一陣とかってやつ」

「ギド、それ覚えてない。いつ聞いたか」

「……ついさっきだろうがよ。さてはお前、昼飯のことで頭一杯で聞いてなかったな？」

呆れたように溜息をつくビスティアに構わず、ゴブリンはスープに石のスプーンを突っ込む。

「今理解した。つまり、あの人間はギド達が珍しい」

「そうでもねーだろ。あと、ありゃ人間じゃなくてシルフィドっていうらしいぜ？」

「そうなると、ドドよりもガドよりも頭がよくて、ゲドよりもカッコよくてグドよりも器用なギドが注目されている？」

「お前の兄弟のことなんざ誰も知らねーよ。いいから飯食え、飯」

再び黙ってスープを食べ始めたビスティアとゴブリンを見て、シルフィド達は信じられないといった顔で囁《ささや》きあう。

しかもよく見てみれば、彼等だけではない。ビスティアやゴブリンはそこかしこにいて、しかも仲が良さそうである。

シュタイア大陸であれば、ゴブリンはビスティアに襲撃される側の存在だ。

こんな光景などあり得ないのだが……いや、そもそも、流暢《りゅうちょう》とは言いがたいものの、共通語を話すゴブリンなどというものを初めて見た。ゴブリンはゴブリン語とよばれる独自言語を話すというのが人類の常識である。

「おい、アレ……」

「なっ!?」

別のシルフィドが指し示した先では、小柄で筋肉質な男二人が何やら重そうな荷物を協力して運んでいた。

まるで子供のような体型でありながら、れっきとした成人。それは、どう見ても彼等が知っている人類の一種族だ。

「メ、メタリオ……？　あそこにいるのも、まさかあそこのもそうか!?」

「モ、モカ殿っ！」

「はいはーい、なんですか？　私が独断と偏見で選ぶ串焼きのお店までは、もう少し歩きますけど」

モカは足を止めると、ざわめくシルフィド達の視線の先を見て、ああ、と頷く。

「ご存知なのかっ！　どういうことだ……この国とサイラス帝国は友好条約を……いや、そんな簡単なレベルには見えぬ。まさか、移民まで受け入れておられるのかっ!?」

「そうだったら魔王様も喜ぶでしょうけど、違いますよー。あれは魔族の一員でノルムっていう連中です。魔族としては新しいんで、伝説の時代とやらにはいないですけど。この後アクセサリー屋で一人ご紹介する予定でしたが、丁度いいからやっちゃいますか」

そう言うと、モカは荷物を運んでいたノルム達のもとへ行きボソボソと囁《ささや》いた。

そしてモカが笑顔で振り向き、二人を連れてやってくると、二人のノルムもニカッと笑った。

「というわけで、アークヴェルムで大工をやってるノルムのお二人です。さ、自己紹介どうぞ！」

「トッドギースだ。大工をやっとる。コイツより腕はいいぞ」

「エヴァノリスだ。大工をやっとる。コイツより腕はいいぞ」

「はい、ありがとうございましたー！」

睨《にら》み合いを始めた二人を押して遠くへと運んでいくと、モカは笑顔を作り直す。

「さて、では串焼きのお店に行きましょうか。ノルムは、ああいう人達です。ご理解いただけたでしょうかっ」

「……メタリオとノルムは違う。あれはノルムで、魔族。そう、でしたな」

「はい、その通りです。では行きましょう！」

スキップしながら歩いていくモカを見ながら、シルフィド達は思う。

確かに、あれはメタリオではないのかもしれないが、恐らくメタリオに限りなく近い何かだ。

ということは、ザダーク王国はサイラス帝国の力の一部を手に入れているも同然である。

そんな風に改めてザダーク王国の国力を考え始めたシルフィド達の鼻に、スパイスの利いた良い香りが漂ってきた。

そこに、モカの明るい声が響く。

「さーて、お待たせしました！　此処《ここ》が私が独断と偏見と気分で選んだ串焼きのお店です！　はい、おじさん。さっさと人数分用意してください！」

「おいおいモカちゃん。いきなりだなあ……まあ、商売だからやるけどよ」

三毛猫のビスティアは苦笑すると、慣れた手つきで串に刺した肉を焼き始める。

「今日は突撃猪の肉のいいのが入ったんでな。それでいいよな？」

「勿論《もちろん》ですよー。ていうか、此処《ここ》のタレに鳥系は合わないんですから、突撃猪一本に絞ればいいのに」

「そんなこと言ってもなあ……あ、鳥系は塩焼きも始めたんだぜ？」

「原点回帰なんか知ったこっちゃないです、しゃらくさい。おじさんの持ち味は偏執的なくらいのスパイシーさでしょうが」

「ハハ……っと、できたからどんどん取りに来て欲しいんだがよ」

「だそうですよー、並んでお一人ずつどうぞ」

モカに促されて、シルフィド達は三毛猫のビスティアから恐る恐る串焼きを受け取る。

ビスティアというとどうしても凶暴なイメージが先行するため、目の前で口をあけて笑う主人が本当にビスティアかどうかさえ疑わしく思えてきた。

「この香りは……商店街のあちこちから漂っていたものに似ているな」

「そうですよー。各店で微妙に違いますけど、アークヴェルム名物のタレの串焼きです。この店の特徴はクセになるスパイシーさですね」

スパイスだけでなく柑橘系の何かも混ぜてあるのか、香ばしい香りの中に微《かす》かに爽やかな風味がある。

「……なるほど、これがタレか……」

塩焼きとは違う、濃厚な味。どうやら僅《わず》かな粘性のある混合液が「タレ」で、それを塗ったもののようだ。シルフィドには少々味が濃すぎるが、たとえば獣人や人間達には受け入れられやすいかもしれない。名物と称するだけはある——というのが、その場のシルフィド達の主な感想だった。

「このタレとかいう混合液が輸入品目に加われば、相当な武器になるのでは？」

「保存の問題がある。それに国内で受け入れられるかどうか。流石《さすが》に他国から仕入れたものを、そのまま別の国への輸出品目とするのはどうかと……」

「他国の来賓をもてなす時の調味料とするのはどうであろう？」

円陣を組んで話し合いを始めるシルフィド達を見ながら、三毛猫のビスティアは肩を竦《すく》める。

「よく分からんが、ありゃ気に入ってもらえたってことかい？」

「そうなんじゃないですかねー。あ、おじさん。私の分の串がないですよ？」

「あ？　焼けてるよ、ほれ」

モカは串焼きを受け取ると、議論に熱が入ってきたシルフィド達を温かい目で見守る。

「いいのかい、あれ止めなくて」

「ケンカしてるわけじゃないですし。それに、良い結果は議論なしではあり得ないらしいですよ？」

「そぉかあ？　議論なんざやるくらいなら、殴りあったほうがいいんじゃないか？　そのほうがスパッと決着つくだろ」

「んー、私もそう思いますよ。でもね、違う考え方もあるみたいですよ？」

「はーん、モカちゃんは変なことを良く知ってるよなあ」

「まあねー」

モカは、暗黒大陸にごく稀《まれ》に流れ着く人類を保護しており、今回の案内人として抜擢されたのも、人類に対する知識を見込まれてのことだった。

「人類ってのは大変なんですよ。どうせ食事の終了予定時間まではもう少しあるんですもの。それまでは放っておいてもいいんじゃないですか？」

「いいのかなあ……良くない気もするがなあ」

「いいんですよ。ああやって悩んでもらうのも、今回の目的の一つなんです」

そう言うと、モカは食べ終わった串をカウンターに返すのだった。

7

「待て、待て待て。皆、重要なことを忘れておるぞ」

シルフィド達による議論は次第にヒートアップしてきたようだ。

それをぼけっと見ていた三毛猫のビスティアは、カウンターによりかかって二本目の串焼きを食べているモカに小声で囁《ささや》く。

「おい、なんか妙な雰囲気になってるぞ？」

「んー？　そうですねー」

「止めなくていいのかよ？　あれ、外国のお客さんなんだろ？」

言いながら、三毛猫のビスティアはアクビをする。言葉とは裏腹に、三毛猫のビスティア自身は、たとえケンカに発展しようと止める気など全くない。

「そんなどうでもいいって顔で言われましてもねー」

「いや、俺個人としちゃ結構どうでもいいんだがな。でも、魔王様のお考えがあってアレ連れてきてるんだろうしよー。なんかあったら魔王様が悲しむんでねーの？」

三毛猫のビスティアの発言に、モカはなるほどねー、と言って頷く。

実のところ、モカの仕事は単純に観光案内するだけではない。

こうして人類を街中で連れて歩いているのは、ザダーク王国の住人達の反応を見るためでもある。

何しろ、魔族にとって人類といえば、かつて暗黒大陸に乗り込んできて大暴れした挙句に前魔王グラムフィアを滅ぼした勇者一行だ。

人類に対する忌避感がほぼないのは、お祭りムードで国中が浮かれているのを見れば充分に理解できるが、何処《どこ》にどんな悪感情が潜んでいるかしれたものではない。

最悪の事態とは、油断したときにこそ起こる。だからこそ、実際の住民の反応をも確かめなければならなかった。

今のところ、三毛猫のビスティアがシルフィド達を悪く思っている節《ふし》はない。

一方のシルフィド達は相変わらず議論に夢中だが、その理由をモカは知っていた。

「んー、シルフィドって、基本的に議論大好きな種族……らしいんですよね。で、知識とか経験を大事にする傾向があるし、一度方向性を決めるとなかなか曲げない頑固さがあるんだとか」

「ほー。めんどくせえな。串に刺した肉の角度にすら文句つけてきそうだ」

「いいんじゃないですか？　味オンチ相手よりはやりがいありますよ」

「そうかなー。まあ、そうかもなー」

「ええ、そうですよ。あ、三本目、そろそろ焼けたんじゃないです？」

「もうちょいってとこだな。それよりもよぉ、塩焼きも試してみろって。いい塩使ってるんだよ。知ってるか？　あのイチカ様が魔王様のために作っていたという塩と同じ産地、同じ方式で作られた、まさに塩の元祖といえるやつがだな」

「お断りです。今日の私はスパイシーなタレ以外は受け付けてません」

そんなことを話している二人の前では、まだシルフィド達の議論が続いていた。

しばらく眺めた後、三本目の串焼きの串をなめていたモカが溜息をつきながら立ち上がる。

ちなみに三本目は、結局押し切られて購入した塩焼きである。

意外と美味しかったのが悔しいし、それ見たことかとニヤニヤしている三毛猫のビスティアのヒゲを引っ張りたくなってきたので、介入するには色々な意味で良いタイミングだ。

「はいはーい、皆様。議論がヒートアップしているところ申し訳ありませんが、往来ですしお店の前ですからねー」

「ぐっ」

「店主殿、申し訳ない……」

居心地悪そうに顔を赤くするシルフィド達に、三毛猫のビスティアが口を開けて笑う。

「ハハハ、構いやしねえよ。にしてもアレで殴りあいにならねえたぁ、シルフィドっつーのは随分温厚なんだなあ」

「いやいや……お恥ずかしい」

顔を伏せるシルフィド達に、あちこちから笑い声が上がった。どうやら、魔族の住民や一般客達には昼時の面白い見世物として受け取られたらしい。

見物人が人類だったら「妙な奴らだ」とされる場面であろうが、魔族の場合は殴りあいに発展しなかったことで、「意外と大人しいんだな」と認識される程度だ。

故《ゆえ》に、先ほどのモカの台詞《せりふ》も「人類向け」であって、魔族だったらああは言わない。

シルフィド達に議論して考えてもらうのは今回の観光の目的の一つではあるが、それで悪い思い出を残されても困る。だから、モカは止めに入ったのだ。

「さて、それでは気分を切り替えて、次はお土産の店に行きましょうか！」

「モ、モカ殿。本当に申し訳ない……」

「いえいえー？　むしろ真剣に色々考えてくれてると分かって好印象ですよー？」

すっかり恐縮してしまっているシルフィド達に、モカは笑みをパッと浮かべてみせる。

「あ、疑ってますね。ほんとですよー？　むしろ、ムッツリした顔で観光されるほうが問題ですからねー。本気で観光してくれているっていうのは、素晴らしいことですよ？」

「いや、しかし……我々は一応代表の側面もありますからな……初めて来た他国で、なんと見苦しい姿をみぷっ」

なおも謝ろうとするシルフィドの頬を、モカが両手で押さえ込んだ。少し不機嫌そうに膨れてみせたモカはシルフィドの頬をプニプニとやってから、わざとらしく溜息をつく。

「いいですかー？　一度しか言いませんよー？　私がいいといったらいいんです。魔族ではケンカもできない奴は半人前です。誰も気にしちゃいないんです。むしろウジウジする奴が一番嫌われます。私に嫌われたいですか？」

「い、いや……そういうわけでは」

「なら終わりです。はい、他に言いたいことはありますか？」

「いや……何も……」

それを聞くと、モカは満足そうに頷いた。

「……はい！　では、次はアークヴェルムで最近人気のアクセサリーを扱うお店に行きましょう！このお店、実は南部で人気のお店の二号店なんですねー。今回の初回観光の皆さんはアークヴェルムのみのご案内なのでご説明しますと、金属加工品はザダーク王国南部の重要な産業なんです。良質な鉱石類が南部で産出されるっていうのが大きな理由ですね」

「それは……先ほどのノルムが南部に集まっているということなのだろうか？」

「はい、その通りです！　といっても、繊細な細工はビスティアの職人が作り出していることも多いんですよー。ノルムはどっちかというと武器とか防具とか、そういうのを作りたがりますねー」

武器、防具と聞いて、シルフィド達は再び考え込む。

あのノルムという種族がザダーク王国にいるならば、その技術力はメタリオに勝るとも劣らないだろう。いや、積み重ねた年月を考えれば簡単にサイラス帝国に追いつくとも思えないが……それでも、将来的なことを考えれば同等の域に達する可能性は充分にある。であれば、その分野での交易交渉も是非したい。

「ちなみに今回行くお店では武器防具も売ってますけど、持ち出し禁止ですからねー」

「うっ、それは充分に理解している」

「はい、安心ですねー。あ、でも試着は自由らしいですから」

興味を引かれたのか、耳がピクピク動いているシルフィド達。

それに気づかないフリをしながら、モカは一行を先導していく。

8

そうして案内された店は、それなりの広さを持つ店舗だった。といっても、他の店に比べれば……という程度だ。

シャルルの店二号店、というシンプルな看板のかけられた店舗の中には、所狭しと商品が並べられている。

「はーい、というわけでノルムの職人のシャルルさんです。普段は南部から出てこない超引きこもりですが、職人さんは大抵そうですねー。だから、超珍しいです」

「ぶっ飛ばすわよ。今日は観光初日なんだから、来るに決まってるじゃないの」

言いながらモカを睨《にら》みつけているのは、一人のノルムの少女だ。

厚手の作業服を着ている少女は見習いとしか思えないような幼さであるが、ノルムとよく似た特徴を持つ人類――メタリオの女性もそうであることを、シルフィド達は知っていた。

「ま、いらっしゃい。武器防具は売らないけど、他のは相談に乗るわよ。物によっては売れないから注意してちょうだい」

「物による、とは……？」

「聖銀の品とかかしらね。あれ、産出量少ないから貴重なのよ。あんまり他の国に流出させるなっつーお達しがきてててね。そこらへんについては諦めてちょうだい」

なるほど、と頷いたシルフィド達は、店の中を見て回りだす。

さほど広いわけではない店内をシルフィドの集団が歩き始めると一気に狭く感じられ、息苦しく思ったモカはさっさと店舗の外に避難してしまった。

「む、この剣は……見せていただいてもよろしいですかな？」

「売らねえって言ってるのに、やっぱり気になるもんかしらねー。いいわよ」

そこはやはり、将来的な取引の解禁を見込んでのことなのではあるが、今ここでわざわざ言う必要もない。

シルフィドの男は壁にかかった剣を取ると、何度か引っくり返して意匠を確かめた。

見たところ、魔法剣用ではない普通の剣だ。柄に嵌《はま》った宝石も魔法石ではない。

しかしながら全体的な装飾は素晴らしく、鞘《さや》もその剣のためだけに用意されたと思われる統一感のある飾りが施されている。

「ふ……む。抜いてみても？」

「いいわよー。でも振り回すんじゃないわよ？」

「分かっています」

許可を得て、シルフィドの男は剣を抜いた。

シャンッという涼やかな音を立てて鞘《さや》から抜かれた剣は、美しい鋼色の輝きを放っている。磨き上げられた鏡のような刀身は美しく、しかし特別な材料は一切使っていない鉄の剣であることが分かる。それなりに重みもあり、実際に使う剣としては、そこまで上等な品であるとはいえない。

それでも、この剣が店先に並んでいれば、欲しがる者は多くいるだろう。

たとえば新人冒険者が持つには充分だし、騎士が家に飾っておくものとしても使えるだろう。それだけの価値ある細工が施されているのだ。むしろ、展示用の需要のほうが高いかもしれない。

……と、そこまで考えてシルフィドの男はハッとする。

「まさか、これは儀礼用、あるいは展示用の剣……では？」

「正解。うちは装飾品の店だもの。武器防具もあるけど、全部実用には向かない品ってわけ」

この店にある武器防具は全てそうだ。装飾品としての武器防具であり、実用のものは何一つない。

近頃、武器防具で自宅を飾る趣味に目覚め始めた魔族のためのものなのである。

「装飾品か。なるほど……」

剣を鞘《さや》に収めると、シルフィドの男は納得したように頷く。

武器防具を飾る文化は、人類領域に広く根付いている。名品を飾って自慢したいという理由の者もいるし、単純に自身が楽しむためという者もいる。元々儀礼用の武具は美しい意匠のものが多く、飾るには充分な価値をもっているのだ。

「装飾品であるならば……文化としていずれ、両国の架け橋となる物品に加わるかもしれませんな？」

「どーかしらね。アタシが判断することじゃないし」

確かに、と笑いながらシルフィドの男は剣を壁に戻す。

この剣のことを知っただけでも、来た価値はあった……と男は思う。

武具に飾りとしての価値を見出すのは、確かな知性と成熟した文化の証。こうしたものが根付くということは、ザダーク王国が平和であるということでもある。

「……ん？」

ふと、棚の上に並べられたものに目が留まった。

棚の上の金や銀のペンダントの中に、赤い輝きを放つ金属で作られているものがある。宝石のような丸い珠のついたペンダント……に見えるが、よくよく見れば宝石ではなく金属球だ。こういう

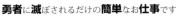

色を放つ金属をシルフィドの男は知っていた。

「これは……まさか、血鋼《ブラッドメタル》ですかな？」

「ありゃ、気づいた？　そぉよ、聖銀のアクセサリーみたいにならねーかなと思ったんだけどね。やっぱ色がダメだわ。こうして宝石の代わりとして使うのが精一杯ってとこね」

やれやれ、と溜息をつくシャルル。

血鋼《ブラッドメタル》と呼ばれる金属がザダーク王国の産出品であることは、シルフィドの男も知っている。

聖銀に勝るとも劣らない能力を秘めていながら、その血のような赤さから、剣や鎧を作っても呪われているとしか思えないようなものになってしまうという、なかなか扱いにくい金属……なのだが。

「このくらいだと、可愛らしいですな」

「可愛らしいだけだけどね。わざわざ血鋼《ブラッドメタル》を使う必要があるかっていうと微妙なとこね」

確かに同じ量の血鋼《ブラッドメタル》を使うとしても、魔法使い用の指輪を作るほうが幾分《いくぶん》か有意義であるかもしれない。

「……そう、ですな。しかし、何と言うか……ザダーク王国での土産物としては、なかなかに適したものにも思えますが」

それは単純に、このペンダントを認めてやりたいという気持ちから出た発言であった。

その言葉にシャルルは驚いたような顔をする。

「……なるほど。土産物ねえ。そっか、血鋼《ブラッドメタル》って、こっちの特産品だったものね。ふーん、なるほど……」

その視点はなかったと、シャルルは何度も頷く。

血鋼《ブラッドメタル》は、南部を掘り返せば嫌になるほど出てくるものだが、人類領域では珍しい金属であるとも聞いている。だからといって武器防具を作って人類に売るのは論外だが、土産物ならば、観光がこれから本格的に始まる中で新しい商品として売れるだろう。

「うん、いい考えじゃない。アリだと思うわよ」

「そうですか、それはよかった……で、これは売っていただけるのですかな？」

そうねぇ、と言いながらシャルルはシルフィドの男を見る。

「貴方《あなた》がつけるのかしら？」

「いえ、娘にですね。ああ、そうだ。妻にも似たようなものが欲しいのですがね？」

「いいけど、違うデザインのほうがいいんじゃないかしら」

言いながら、シャルルは幾《いく》つかのお薦めを見繕い始める。

その背中を見ながら、シルフィドの男は呟く。

「……実に平和な街ですな」

店の入り口ではモカが日向ぼっこをしながら、他のシルフィドの男の相談にのっていた。

さらには、時折ゴブリンやビスティア、ノルム達が興味深そうに店の中を覗《のぞ》いて通り過ぎていく。

ジオル森王国であれば襲撃か偵察かと大騒ぎになっているであろうゴブリンやビスティア達も、なんとなく愛嬌のある顔に見えてくる。

いや、実際に愛嬌があるのだろう。凶悪さの抜けたゴブリンの顔はどこか間抜けだし、ビスティアは動物そのものだ。

この感覚をジオル森王国にそのまま持って帰ったら、大変なことになりそうでもある。

シュタイア大陸のゴブリンやビスティアと、ザダーク王国の住民とは別物であると、しっかり自分に言い聞かせる必要があるだろう。

「……この光景を、王子にも見せて差し上げたいものだ」

特別扱いということで別行動をしているエリック王子と英雄ルーティだが、この光景を見たら何と言うだろうか。

それを考えて、シルフィドの男はクスリと笑うのだった。

9

シルフィドの貴族達がシャルルの店にいたその頃、エリックとルーティ、そしてイチカはアークヴェルムから少し離れた場所にいた。

磨いた透明な水晶板の窓から見えるのは、何匹ものアースドラゴン達だ。

飛ぶ力を持たぬ代わりにドラゴンの中でも並外れた頑強さと底なしの体力を持つアースドラゴン。

アースワームと正面からぶつかっても弾き飛ばすと言われる彼等だが、シュタイア大陸での棲息数はさほど多くなく、実際に見た者はいない。

また、シュタイア大陸の魔族の例に漏れず、ドラゴンは非常に凶暴で凶悪だ。

吟遊詩人の謡う英雄伝説には、邪悪なアースドラゴンを打ち倒すドラゴンスレイヤーの物語も多数ある。その英雄伝説が、嘘か真かは定かではないが。

「お……おお。これは……おお、おお！」

地響きのするその場所で、エリックは思わず歓声をあげた。

エリック達がいるのは、ドラゴンサービスと仮称されている建物の最上階である。此処《ここ》はアースドラゴン達の集まる「ドラゴンロードサービス」の中継所であり、やがて「ドラゴンスカイサービス」が運行開始したら、その中継基地も兼ねる予定だ。

今日は、エリックやルーティの特別見学先となっていた。

「これは……すごいな、ルーティ！　アースドラゴンがこんなに……しかも整列しているぞ！　あの上に乗っかっている箱は、お前のアースワームの箱にも似ているな!?　いや、だが大きさが段違いだ！　ハハハ！」

「エ、エリック王子。もう少し落ち着いて……」

「これが落ち着いていられるか！　父上がこちらでドラゴンの大群を見たと仰っていたが……このほうが凄いのではないか!?　ドラゴンに乗るなど、ほれ……あの勇者リューヤのようではないか！」

窓に張り付くようにしながら、エリックは地上の光景を見下ろす。

清掃用具を持ったゴブリン達が昼寝中のアースドラゴンの鱗を磨いたり、これから出発するアースドラゴンにビスティア達が箱を取り付けたりしている。

別の物見台らしき場所では魔人が巨大な赤と青の旗を上げ下げして、それに合わせてアースドラゴンが止まったり動き出したりしていた。

「ふむ……イチカ殿。あそこの物見台の方々はもしや、アースドラゴンに合図を出しているのか？」

「ええ、その通りです。赤は停止、青は出発を表しています。各所にあの台を設置することで、この基地での事故の確率を低くしているのです」

「なるほどなあ……しかし、あの旗は重そうだ」

「そうですね、魔人の力頼りになっています。現在、それを解消できる仕組みの開発も行っています」

エリックは興味深げに頷き、再び窓の外を見下ろす。

そこでは丁度、ビスティア達がアースドラゴンの背中の箱を取り外していた。

エリックには、それは人員輸送用の「箱」と呼ばれるものに見えて仕方がない。

しかし、同時にまさかという思いもある。

吟遊詩人の詩に出てくるドラゴンは皆誇り高い。

勇者伝説で語られる聖竜イクスレットも、自身に乗せたのは勇者達だけだという。

馬車代わりにドラゴンを使ったなどという話は、どんな荒唐《こうとう》無稽《むけい》な物語の中にも出てこない。

「ところで、あの箱なのだが……あれはひょっとして、人員の輸送用の箱か？」

「はい、その通りです」

「おお、やはり！」

そう言って、エリックは目を輝かせて……突然、何かに気づいたかのようにイチカと眼下の光景を見比べる。

「え？　いや、となると……ザダーク王国では、ドラゴンを人員輸送に使っている……のか？」

「はい、その通りです」

先程からそう言っているし、エリック自身もそれを前提に考えて話をしていた。

しかし、改めて肯定され、現実として認識してしまうと、別のことに考えがいってしまう。

「それは……あー、主にどのような用途での輸送なのだ？」

「ザダーク王国民の輸送です。要は交通手段ですね」

「む。そ、そうか……」

交通手段、と聞いてエリック王子は考え込む。

単純に輸送手段として考えるならば、確かにドラゴンは最高だ。

強く、速く、賢い。彼等が箱を載せて運んでくれるというのならば、これほどまでに安全な移動方法はないだろう。

しかし、シュタイア大陸でこれを再現するのは無理だ。ドラゴンが許容するとは思えない。

たとえ許容したとしても、何処《どこ》の国がそれを国民の輸送に使おうと思うだろうか。

もし成功したならば軍や貴族、王族の輸送に使うはずだ。

それほどまでにドラゴンは強力だし、懐柔できたならばこれ以上ない戦力となるのである。

「……そうか、国民の輸送にドラゴンを……」

それを可能にするとは、やはり魔王ヴェルムドールとは強大な存在なのだろう。

そう考えていると、イチカは何でもないように「補足ですが」と言ってアースドラゴン達を指し示す。

「彼等は、全てドラゴンサービスへの転属希望者です。箱を載せて走るのを誇りに思っている、プロの輸送屋です」

「じ、自分からっ⁉　ドラゴンが……か⁉」

「ええ、自分からです。希望者が殺到して、全員の希望に応えられない程の人気部署です」

「ぬう……」

信じられない、といった顔でエリックは首を振る。

確かに、眼下のアースドラゴン達は皆、晴れ晴れとした顔をしている……ように見える。ドラゴンの表情など分からないので、エリックの想像ではあるが。

「……ルーティ」

「何でしょう？」

声をかけられ、イチカをじっと見ていたルーティがエリックに向き直る。

エリックは真剣な表情で眼下の光景を指し示した。

「あれと同等のものを、我が国でも導入できると思うか？」

「ドラゴンと同等という意味でなら、不可能でしょう」

「ふむ？」

含むところがありそうなルーティの答えに、エリックは頷いて続きを促す。

「たとえば我が国で導入するというのであれば……」

「アースワームはダメだぞ」

「どうしてですか」

即座に釘を刺したエリックに、ルーティは不満そうな声をあげる。

「……やはりアースワームだったか。アレは制御が大変だろう。あんなものを我が国の街道で走らせたら、他のものを全て蹴散らしかねん。お前のシュタイナーだけでもう充分だ」

「……ちゃんと制御すればそこまで危なくはないんですが」

「そうか。だがダメだ。私が許さん」

首を横に振りながら溜息をつくと、エリックは再び眼下の光景に目を向ける。

ルーティもそちらへ視線を移し、仕方なさそうに口を開いた。

「まあ、馬車が限度でしょうね。しかし、国営で実施するメリットがあるかどうかは不明です」

現状でのシュタイア大陸での国内、あるいは国家間での移動手段は徒歩、馬、馬車が一般的だ。

荷物の多い者は馬車を使うし、その馬車に相乗りする者もいる。

商人などは冒険者ギルドに依頼して護衛を雇うため、旅人はその商人の馬車に金を払って相乗りすることが多い。

それを国営で実施するとなれば、人員輸送用に限定することになるだろう。馬車ごとに護衛を雇うとして、その運行に見合う儲けが毎回発生するかどうかは疑問だ。

今のジオル森王国は、無駄な事業を実施するほど暇ではないし、金が有り余っているわけでもない。

このドラゴンサービスという交通手段は、御者・馬・護衛の三役をドラゴンという最強生物がこなすからこそ、成り立っているといえるのだ。

「そう、か……そうだな」

黙って地上の風景を見下ろすエリックに、イチカが静かに声をかける。

「さて、それでは下へ参りましょうか。遊覧の準備が整っています」

「遊覧？」

「ええ。アークヴェルムを一周する特別便をご用意しております」

その言葉に、エリックは瞳を輝かせる。

「い、いいのか⁉　あのドラゴンに乗れるのか⁉」

「はい、ザダーク王国の誇る交通手段をご体験いただきたいと思います」

「お、おお……」

ドラゴンに乗れる――その事実にエリックは感動に震え、駆け出したくなるのをぐっと抑えた。

「じ、実に素晴らしいことだ。お心遣いに感謝する、イチカ殿」

「いいえ。どうぞ存分にお楽しみください」

「ああ、ああ。勿論《もちろん》だ！」

興奮を抑えきれないといった様子のエリックに、ルーティは思わず苦笑した。

そういえば、初めてドラゴンという単語を聞いたときのリューヤも同じ反応だっただろうか。

どうにもドラゴンというものは男を滾《たぎ》らせる何かがあるらしい。

「……え？」

その時、ルーティは自分の視界に映ったものを疑うように目を瞬《またた》かせた。

「どうされました？」

「い、いえ……」

気のせいかもしれない。

いや、きっと気のせいだろう。

はしゃぐエリックと、一瞬ではあるが何処《どこ》となく扱いに困ったような表情を浮かべたイチカ。

その光景を、いつか何処《どこ》かで見たような……そんな気が、したのだ。

「……疲れてるのかしら、ね」

僅《わず》かに感じたそれを気のせいだと割り切ると、ルーティはイチカとエリックの後について歩き出した。

10

エリック達を乗せたアースドラゴンがアークヴェルムの周りを走っている、丁度その頃、魔王城の一室で、テーブルを挟んでヴェルムドールとイクスラースが向かい合っていた。

「……そろそろアースドラゴンに乗っている頃、か」

「そうね。あの王子様は、今晩は泊まって明日帰るんだったわよね？」

テーブルの上に載っているのは、魔王軍大演習の盤だ。遊んでいるわけではなく、今度追加予定のイクスラース達の駒の試験中である。

元々、イクスラースは四人の騎士を引き連れて敵として暗黒大陸に乗り込んできたのだが、命の神フィリアに利用されていただけだということが判明し、今はヴェルムドールと協力関係にある。

口では仕事を拒否することの多い彼女だが、結局は真面目に仕事をこなすし、非常に優秀だ。

「そうだな。夕食の仕込みはもうイチカが終えているし、マリンが仕上げをするだけで済む」

「あの子、一番出来がいいんじゃないの？　クリムは掃除と室内環境整備の専門だし、レモンは……何でもそれなりにこなすけど、イマイチよく分からないし。その点で言えば……そうね。マリンは、イチカの色違いを見ている気分になるわ。まあ……よく見れば色々違うんだけど、それでもね」

思わずヴェルムドールは、イチカの色違いを想像する。

赤いイチカ、青いイチカ、黄色いイチカ。

黒いイチカを合わせれば、魔王城どころかザダーク王国全体の仕事を倍のスピードで回せるかもしれない。

「……ちょっと、何考えてるのよ。まさかイチカを増やそうとか考えてないでしょうね」

「ああ、考えた」

「やめてよ、あの女が増えるとか地獄だわ」

ぞっとするわ、と言って両手で身体を抱くジェスチャーをするイクスラースに苦笑しながら、ヴェルムドールは盤面に視線を落とす。

「……まあ、それはない。無理だからな」

「無理？」

そう、たとえヴェルムドールであろうとも、イチカをもう一人作るのは無理だ。

命の女神フィリアに課せられた『生贄《いけにえ》の輪廻《りんね》』によって、何度も何度も人生を重ねてきたイチカ。

フィリアの『生贄《いけにえ》の檻《おり》』によって何度も殺され、リセットされてきたイクスラースと似てはいるが、決定的に違う。

イチカは、偶然生まれた継承の技能により、自分のまま他人になることを何度も繰り返した。

やがて自分が死んでまた別の他人になることを自覚して、足掻《あが》いて——それでも死んで、他人になった。前世を忘れることすらできずに。

信じて、裏切られて、裏切って、全てを捨てて逃げようとしても、約束された死が追いかけてきた。絶望し、その中でも光を信じ——それでも死んだその先で、真実を知った。

そうしてできたのが、今のイチカなのだ。

たとえ形だけをなぞったところで、それはイチカには成り得ない。

「姿と性格が同じだとしても、それは別人。ただそれだけの話だ」

「……まあ、そうね。あ、これで制圧かしら？」

イクスラースが駒を動かした先を見て、ヴェルムドールがむうと唸《うな》る。

確かに制圧——ゲームルール上でいう、これ以上手がない状態に追い込まれている。

「確かに、手がないな。俺の負けだ」

「うーん。私が強いのか私達の駒が強いのか、どっちだと思う？」

イクスラースは自分の部下であるオルレッドの駒を盤上から摘み取ると、それをクルクルと回し始めた。質問の形をとってはいるが、暗にヴェルムドールが弱いと言っているも同然だ。

「まあ、どっちかは分からんが、お前は強いよ」

「ま、そうね。伊達《だて》にクリム達とやってないもの」

得意そうに言うイクスラースに、ヴェルムドールは思わず目を見開いた。

「何だと……お前、やる前はそれ程やってるわけじゃないと……！」

「ええ、そうね。ファイネルと比べると、だけどね？　知ってる？　ファイネルってば、ザダーク王国総合大会での優勝者なのよ？」

「待て、俺はそんなイベント知らんぞ」

初めて聞くイベントの名前に、ヴェルムドールは真顔になった。

このゲームが予想以上に広まっていることは分かっていたが、そんな大会まで開かれているとは知らなかった。ヴェルムドールに覚えがないので国主催ではないのは確かだが、自分が国内のことに疎《うと》くなっているとなれば、それはそれで問題だ。

「まあ、イチカもニノもロクナも興味ないしね。貴方《あなた》の耳に入らないのも当然じゃないの？　あ、でもサンクリードは準優勝だったかしら。そっちから聞いててもおかしくないと思ってたけど」

「……いや、アイツとこの前会った時にはゴブリン連歌集の話をしていたが」

「ちょっと、何それ。その話のほうが気になるんだけど。私、そんな本知らないわよ？」

イクスラースの言葉をスルーして、ヴェルムドールは溜息をつく。

サンクリードが話をしなかった理由は理解できる。ヴェルムドールには興味がないだろうと判断しただけだ。実際それほど興味があるわけではないので、その判断は正しい、のだが。

「……思わぬところで自分の改善点を見つけたな。自分の趣味の狭さが、そのまま自分の認識の狭さに繋がるとは考えもしなかった」

「ちょっと、そんなことよりさっきの本のこと教えなさいな」

「西部で限定発売された本だ。今度貸してやる……が、そういえば本の問題もあったか」

ロクナの希望もあって、ザダーク王国内では本の発行がかなり頻繁に行われるようになった。今では、高尚な娯楽の一つとなっている。

人類は伝説や研究などの「記録」として本を作るのに対し、魔族は「娯楽」と位置づけているわけだが、もしかすると、今後は土産物として人気が出る可能性がある。

自分達の国では高価な代物である本が安く買えるとあれば、中身はともかく、話題作りや興味本位で買う者も少なくないだろう。

そうして買って読んだ本が面白かったならば、娯楽としての本という文化が人類にも広がり、今後本や紙なども輸出品目として重要視されるに違いない。

いや、それだけではない。本を通じて、魔族が伝説に謡われるような凶悪な相手ではないことも伝わるはずだ。そうなれば、それが平和を築く有効な手段の一つになるかもしれない。

「難しい顔してるわね。何考えてるのかしら？」

「簡単な話だ。とりあえず、エリック王子が泊まる予定の部屋に幾《いく》つか本を並べてみるのも一興かと思ってな」

「へえ？」

興味深そうな顔をするイクスラースに、ヴェルムドールはニヤリと笑ってみせる。

「あの王子はシルフィドとしては若いせいか、考えが柔軟なように見える。他の王子がどんな奴かは知らんが、場合によってはサリガンよりもこっち寄りになる可能性がある」

「サリガンって、サリガン王よね。貴方《あなた》に近衛隊をけしかけた挙句、命の種を弄《いじ》くられた哀れな王様、だったかしら？」

「違う。話しただろう、俺は奴の偏見を消してやっただけだ」

「それは貴方《あなた》の意見じゃない。たぶん人類領域じゃ、洗脳とか言われると思うわよ？」

クスクスと笑うイクスラースに、ヴェルムドールは苦い顔をした。

その危険性があるから、そのことは限られた者にしか話していない。

たとえそうではないと言っても洗脳だと信じる者が多数であれば、それは洗脳だということにされてしまうのだ。

「どんな本置くつもりか知らないけど、貴方《あなた》の好きな理屈っぽい本はやめたほうがいいわ。それこそ思想を魔族寄りに染める気だ、洗脳だって言われるわよ？」

「そんなことはしない。もっと軽い本にするつもりだ」

「貴方《あなた》の軽いは軽くないのよ。この前私に寄越した本の題名言ってみなさいな」

言われて、ヴェルムドールはイクスラースに最近貸した本の題名を思い出す。

確か、タレ開発秘話……だっただろうか。

今ではすっかりザダーク王国のスタンダードとなった串焼きのタレ。その開発に至るまでの日々を、串焼き店主達の苦悩と努力の様子とともに描いた意欲作だったはずだ。

「あれは軽いし面白いだろう」

「料理人しか理解できないような表現がズラリと並んだ本の何処《どこ》が軽いっていうのかしら。軽い本っていうのはね、専門知識がなくても読める本のことを言うのよ？」

ヴェルムドールはイクスラースの言葉を噛み締めるように天井を見上げ……ゆっくりと、視線をイクスラースに戻す。

「……だが、それでは理解する楽しみが減るんじゃないか？」

「理解する努力が必要なあたりが重いと言っているのだけれど。いいわ、私が見繕っておくから。それを運べばいいわ」

「……そうか」

人類領域に長く潜入していたイクスラースが言うのならば、それに従ったほうがいいだろう。

そう判断すると、ヴェルムドールは頷いて了承した。

「そういえば、エリック王子達以外のほうはどうなのかしら？　あちらも一般扱いとはいえ貴族なのでしょう？」

「ん……そうだな、もう少ししたら宿に向かう頃だろう。そちらは問題ないはずだ」

「そう、ならいいんだけど。で、こっちの駒はどうするの？　これでテスト終了なのかしら」

言われて、ヴェルムドールは再び盤上に視線を落とした。そして少し考えた後、ゆっくりと盤上の駒を並べ直す。

「……もう一戦やってみよう。何か改善点が浮かぶかもしれん」

「そうね。でも、私はエリック王子の部屋に置く本を選ぶから。あの子達とやったらどうかしら？」

「ん？」

イクスラースの示す方にヴェルムドールが視線を向けると、部屋の扉がちょっとだけ開いているのが見えた。

その隙間から覗《のぞ》いているのは、クリムとニノの二人だ。……いや、よく見ると床に蹲《うずくま》っているレ

モンもこちらの様子を窺《うかが》っている。

「……お前等、仕事は終わったのか？」

「ニノは優秀だから完璧。厨房はマリンが完全に仕切ってるから、もうやることが残ってない」

「そうなんです。もう何処《どこ》もかしこもピッカピカのキッチリで、仕方ないから地下の大図書館を皆で整理してたんですけど」

「……ロクナ様に、うるせー出てけ……って、追い出されました。クリムのせい、です」

レモンの言う光景を容易に想像できて、ヴェルムドールは眉間を押さえた。

「あー……分かった。チェックは誰がやってる？」

「ゴーディとニノがやった。だから完璧」

「そうか」

サボリ魔やら不器用やらで普段は色々とアレではあるが、ニノもゴーディも優秀だ。

ニノはその気になればイチカ並みの仕事をやってのけるし、ゴーディは仕事に関しては完璧主義なところがある。そんな二人のタッグで、しかもニノが「完璧」というのであれば問題はない。ニノは、絶対に嘘をつかないからだ。

「……分かった。ならクリムはマリンの指示で食堂の準備、レモンはそのサポートだ」

「はーい！」

「分かりました、魔王様」

走っていく二人を見送ると、ヴェルムドールは残ったニノに視線を向ける。

「で、ニノは……そうだな」

「うん」

表情を少しだけ緩めて、ヴェルムドールは机をコンと叩く。

「俺と、この新しい駒の最終チェックだ。明日には生産に移る予定だからな、しっかり頼むぞ」

「うん、任せて」

嬉しそうにヴェルムドールの向かい側に座ろうとしたニノに、イクスラースがすっと席を譲る。

「じゃあ、私は本を選んでるから。終わったらちゃんと片付けなさいね？」

「ああ、分かってる。ニノ、新しい駒の動きを確認してくれ」

ニノは新しい駒の説明書を読み、顔をあげて頷く。

「うん、大丈夫。短期決戦ルールと新しい駒でなら、ニノは七手での制圧も可能」

「……ほう、言うじゃないか。本当にできたら、そうだな。頭でも撫でてやろうか？」

「分かった。ニノ、超本気出す」

——この後。

ニノとヴェルムドールによる魔王軍大演習のテストプレイは、ニノによるキッチリ七手での勝利に終わったことは、言うまでもない。

11

夜は、アークヴェルムが最も美しくなる時間だと言われている。

曇天《どんてん》の空は夜の闇に包まれて黒一色になるが、地上はそうではない。数々の照明魔法が浮かぶ街は、むしろ昼よりも美しく照らされる。

その中でも一番美しいと言われる場所が、ほかでもない魔王城だ。

夜になると始まる光化粧というイベントにより、魔王城はどんな宝石よりも美しく輝く。

一日を忙しく働いた魔族も、夜になってから仕事を始める魔族も、あるいは観光で来た魔族も、皆この時間は魔王城を一度は見上げるのだ。

「今宵は、皆様にもこの竜の尻尾亭の屋上という素晴らしい場所からご堪能いただくと……そういうわけです。いえーい！」

テンションを上げるモカに、シルフィド達がパラパラと拍手を送る。

竜の尻尾亭の屋上には幾《いく》つかの机や椅子が並べられ、湯気の立つ料理と冷えた酒の樽が並べられていた。肉や野菜の串焼きや、固いパンに色々な具材を挟んだもの。さらには、何故か芋のスープも並んでいる。

「はーい、ちなみに食卓に並んでおります芋のスープですが、実はこれ、ザダーク王国の黎明期に魔王様が愛したと言われる料理を再現したものです。シンプルな味わいの中に温かみのある伝統料理を是非お楽しみくださいねー！」

物は言いようであるが、この場にヴェルムドールがいたならば微妙な顔をしただろう。

確かによく食べてはいた。しかしそれは、他にほとんど食料がなかったからだ。何故か魔王の愛した料理として広まってしまったが、決して芋が好きで好きでたまらないというわけではない。

「ふむ……国王殿は、芋が好みでいらっしゃるのか？」

「さあ、直接聞いたわけじゃないんで分かりませんが、よく芋を召し上がっていらっしゃったそうですよー。今でも魔王城の中庭には芋畑があるそうですし。ひょっとしたら、お好きなのかもしれませんねっ」

モカの説明に、シルフィド達は顔を見合わせる。

「……輸出品目に芋を加えるのはどうだろうな？」

「いや待て。ただの芋では芸がない。きちんと干し芋にしてからにするべきだろう。あれは我が国でも自慢の品だ」

「そうだな、単純に芋であればこの国にもあるのだ。ひと手間加えねば価値は生まれんだろう」

「おい、それは聞き捨てならんぞ。確かにこの国の芋も……」

始まったシルフィド達の会議を、モカが大きく手を叩いて中断させる。こうなるとシルフィド達の話は長いのだ。

今夜のメインは光化粧なのだから、それを見てもらわなければ困る。

「はいはーい、というわけで。魔王城の光化粧が始まります……さあ、ご注目！」

モカの言葉に合わせたかのように、魔王城が多種多様な色の光に包まれる。

魔王城の周りを飛び回る珠のような形の照明魔法が、様々な色に変化しているのだ。

昼間は白亜の城という表現がピッタリであった魔王城は、照明魔法の放つ光に合わせて違う色に染まっていった。

竜の尻尾亭の屋上に集まったシルフィド達は、思わず感嘆の声をあげてそれを見つめる。

「……素晴らしい」

陳腐な表現だと分かっていながらも、思わずそんな言葉が一人のシルフィドの口から漏れる。

シルフィド達の目の前で、魔王城は様々な色彩に変わっていく。

花のように鮮烈な赤、深い海のような青、若葉のような緑、小麦を思わせる黄。

次から次へと色を変え、時として複数の色が混ざり合いながら、魔王城を彩っていった。

「……照明魔法をこのようなことに使うとは」

考えられなかった。いや、考えたとしても実現しようとは思わなかった。

何故なら、文字通りの魔力の無駄遣いであるからだ。

照明魔法を使うのは、住民の安全のためだ。各町では照明係と呼ばれる専属の魔法使いを雇い、街を明るく照らす。それが人類領域での常識である。

色も、昼を思わせる白が普通だ。それ以外の色にもしようと思えばできるが、そこに意味を感じる者はいなかった。

そもそも、連続で色を変えながら無数の照明魔法で城を染めるなど、一体どれ程の魔力を使うというのだろうか。

此処《ここ》が人類領域だったら、城を彩るために魔力を使うことにどんな意味があって、どんな利益が生まれるのか、徹底的に問い詰められることだろう。

無駄な魔力を使う余裕はない。これは人類の常識であるし、それ故《ゆえ》に魔法を含む魔力の技は「確実に役立つ」もの以外の研究は進まなかったのだ。

今目の前で展開されている光景は無駄の極致とも言える。

しかし、その無駄がこんなにも美しい。城を光で染めるという何の必要性も生産性もない行為が、これ程までに心を揺り動かしている。

「この光化粧のイベントは、ザダーク王国の名物でして。アークヴェルムに来て光化粧を見ない奴は来なかったのと同じ……とはよく言ったものです。誰が最初に言い出したのかは知りませんけど」

「しかし、これほどの魔力……実施するのも大変だろう。どの程度の頻度で行われているのだ？」

魔王城の周りを飛び回る照明魔法の光を数えていたシルフィドの質問に、モカは可愛らしく首を傾《かし》げてみせる。

「え？　毎晩ですよ？」

「毎晩!?　馬鹿な……これ程の規模のものをか!?」

ざわめくシルフィド達だが、その反応も当然だ。

魔王城の周りを飛び回っている照明魔法の数は、尋常ではない。恐らく、それだけでジオル森王国の王都ロウムレルス全体を照らすことができるほどの魔力を使用しているだろう。

「そうですよ？　確かに数はちょっと多いですけど、照明の魔法くらい大した消費でもないじゃないですか。ていうか魔王城が少し前に新しくなってからは、できる表現が増えたってことで一層派手になってるんですよー」

確かに照明の魔法は発動には大した魔力を使わず、一晩維持するのだって簡単だ。

しかしそれは近くを照らす程度のものであれば、の話。

遠くから見えるほどの強さの光を移動させ、さらには色も変化させていくには、正確な操作が必要だ。それを長時間維持するとなれば、魔力消費量は非常に大きくなる。

さらに、それをこの無数ともいえる数で展開しているのだ。

「まさか……これを誰かが一人で展開しているというわけではないのだろう？」

「ん？　ふふ、どうでしょうねー。どう思います？」

翌日倒れることを厭《いと》わなければ一人でも展開は可能だが、実際は複数人で行っている。

しかし、モカはそのことを説明しない。

この光化粧イベントは、魔王ヴェルムドールによる治世の素晴らしさと、その威光を知らしめるという役割も担っている。それ故《ゆえ》にあえて説明を省いたのだ。

「……ぬう……いや、しかし……」

「しかし？」

笑みを浮かべるモカにシルフィドの男は悩む様子を見せた後、静かに首を横に振る。

「……いや、美しいな。流石《さすが》はザダーク王国、といったところだろうか」

「あは、そうですね」

それだけ答えて、モカもまた魔王城へと視線を向けた。

屋上に並べられた料理の皿が大分空《から》になってきたため、竜の尻尾亭の従業員達が追加の料理や酒を運んでくる。

そうした従業員達も、光化粧を見ると表情を一瞬緩め……しかし、すぐに真面目な顔になってテキパキと仕事をこなしていった。

「直接お会いしたことはないが、魔王殿とはどんな方なのだ？」

「素晴らしい方ですよ。あの方のためなら……」

そこで、モカは言葉を区切る。

そう、魔王ヴェルムドールのためならば、魔族にこれ程幸せな生活をくれたあの方のためならば。

「私、きっと……何でもできると思うんです」

もし人類が魔王ヴェルムドールの敵に回るというのならば、その時は仕方ない……モカは人類の敵になる。

「そうか。良い統治者であらせられるのだな」

「ええ、とっても」

そんなモカの心境には気づかず、シルフィドの男は納得したように呟く。

そしてモカも、それを悟らせぬ優しい顔で微笑むのだった。

12

ルーティは、魔王城に用意された四階の客室のベランダに立っていた。

アースドラゴンに乗って気持ちが昂《たかぶ》っていたエリックも、魔王城の光化粧のイベントには色々と考えるところがあったようだ。今ではすっかり疲れきって寝ているが……仕方のないことだろう。

「……サリガン王も、酷なことをしますね」

第四王子であるエリックを今回の観光に選んだ理由は、ルーティにも分かっている。

第三王子までは、魔族が悪であり、勇者を旗頭《はたがしら》に人類が一つになった時代を知っている。だから、魔族に対し一定の価値観ができ上がってしまっているのだ。

王であるサリガンはそれをリセットする機会があったが、そのサリガンとて今の自分と同じ視点を他者に要求するのは無理だと分かっている。

何しろ、シュタイア大陸にいるゴブリンやビスティア、オウガといった魔族は、変わらず悪なのだ。

それに加え、アルヴァと呼ばれるサリガンも知らなかった新しい魔族まで出現した。

ジオル森王国で国民感情がザダーク王国との友好に傾いているのは、まさに奇跡だといえる。

最初に見目麗しいザダーク王国の重鎮達がパレードを行い、友好ムードを演出したのも多少は効いているのだろうが、その後、国境警備にと貸し出された魔操鎧《まそうよろい》達と、外交官のナナルスという魔族の男が決定的だった。

彼らによって「誠実な魔族」というイメージが植え付けられたこともあり、交易が開始されて、ザダーク王国の物もいくらか市場に出回るようになった。

そうしてかつての暗黒大陸のマイナスイメージが薄れていき、今回の観光も実現したのだ。

しかしながら、口には出さないにしても、未だに魔族に対する不信感があるのもまた事実である。

となると、ここで観光の第一弾として行くべき筆頭は誰が適切なのかが問題になる。

まず一番にあげられたのが英雄の一人であるルーティ。

そして王族からは「伝説の時代」を知らないエリックが選ばれた。

そう、エリックには新しい世代としての視点が期待されたというわけだ。

ルーティが選ばれたのは、他のシルフィド達に安心感を持たせるための保険のようなものだ。

エリックは今のところ、その役目を果たしつつあるといえるだろう。常識を超えた事態にはしゃいではいても、エリックは聡明だ。明日の朝には、自分なりの考えを纏《まと》めているはずである。

「むしろ、問題は他の貴族達ですかね……」

扱いとしては一般客となる他の貴族達だが、実際にザダーク王国の地にやってきた彼等が何を考えるかは未知数のところがある。

悪い方向に転んでいないかと心配してしまうのはルーティの悪い癖だが……これぱかりは、心配するなというのが無理な話である。

「……ふう」

溜息をついたルーティは、ふと地上を見下ろし……そこに、人影を見つけてギョッとする。

そこでは、一組の男女が何事かを話していた。

見てはいけないものを見てしまったかと思って顔を引っ込めようとした時、それが見知った顔であることに気づく。

「あれは……サンクリードと……ファイネル？」

ザダーク王国の重鎮である二人が魔王城にいるのは、別におかしなことではない。

しかし、こんな時間にあんな場所で何をしているのか。

政治的な話だとすれば、会議室などのそれに相応《ふさわ》しい場所があるはずだ。

つまり、あの二人は何らかの個人的な事情で会っているということである。

それを考えると何だか妙に気になって、ルーティは耳を澄ました。

他の人類よりもよく聞こえるシルフィドの耳に、何とか二人の会話が届く。

「約束……？　一体何を約束したのかしら」

ファイネルは、何やらサンクリードを急かしているらしい。そしてサンクリードから何かを受け取ると、ファイネルは嬉しそうにそれを胸元で抱きしめた。

それを見て困ったように笑うサンクリードに、ファイネルが顔を赤くして笑うな、と小さく抗議する。

お前のそんな顔は初めて見たな、とサンクリードが言っているのを聞いて、ルーティはベランダから顔を引っ込めた。

二人は同じ魔族であるし、地位の高さも同じ。そういう関係になることもあるだろう。たまに思い出したように遊びに来るファイネルからその手の話を聞いたことはなかったが、わざわざ言うほどのことではないのかもしれない。

ルーティはサンクリード達に背を向けて、何とも言えない複雑な気持ちになりながら、心の中で二人を祝福する。

「……時はいつだって流れてる。そういうことです、よね」

「何の話だ？」

「うひゃぁうっ⁉」

部屋の中に戻ろうと一歩を踏み出したルーティは、突然背後から聞こえてきた声に飛び上がり、そのままバランスを崩してしまう。

「うわっ、た……ひゃわわっ⁉」

「おっと」

普段なら何でもないことなのに、動揺しすぎたせいか上手くバランスがとれない。ルーティはパタパタと手を振りながら、そのまま後ろにいた誰かに向かって倒れ込んだ。

その誰かはルーティを受け止めると、上から顔を覗《のぞ》き込んでくる。

「大丈夫か？」

「ひえっ⁉」

「ぐっ⁉」

自分を見下ろすサンクリードに驚いたルーティは、支えられた体勢から慌てて起きようとして……その結果、サンクリードの顎《あご》に頭をぶつけた。

「いたた……ご、ごめんなさい」

「いや……別に構わん」

頭を押さえるルーティに、サンクリードは顔をしかめながらも首を横に振る。

お互いに大した怪我もないことにほっとしたルーティは、次の瞬間にハッとした。

「て、ちょっと！　貴方《あなた》今、何処《どこ》から来たんですか⁉　まさか、またジャンプしてきたんじゃないでしょうね⁉」

「ん？　その通りだが」

そう、ルーティが自分達を見てよく分からないことを呟いているのを発見し、気になって上の階のベランダまでジャンプしてきた。サンクリードがこうしてやって来たのは、今回で二回目である。

「貴方《あなた》はもう……ああ、いや。今はいいです。それより、恋人を放っておいていいんですか？」

「ん？」

冷たい響きを帯びたルーティの言葉に、サンクリードは首を傾《かし》げる。

「恋人……？」

その言葉を反芻《はんすう》し、サンクリードはベランダから地上を見下ろした。

そこには、呆れたような顔をしてこちらを見上げているファイネルの姿があるだけだ。

「……ああ、そうか。そういうことか」

サンクリードは納得したように頷くと、ルーティの肩に手をポンと置く。

思わぬサンクリードの行動にルーティがビクリと震えると、サンクリードはそのままルーティを回転させてヒョイと抱え上げた。

「うわっ、ちょ、ちょっとサンクリード!?」

「下りるぞ」

「下りるって……ひゃ、ひゃああっ！」

ルーティを抱き上げたサンクリードは、そのままベランダから地面に飛び降りる。

ズン、という音とともに着地したサンクリードは、腕の中のルーティを見下ろした。

クラクラする頭を押さえていたルーティは、ハッとしてサンクリードの腕の中から下りると、彼の胸元を掴《つか》んでガクガクと揺らし始める。

「な、何考えてるんですか貴方《あなた》！　いきなり飛び降りるなんて……いえ、それ以前にいきなり人を……ああ、もう！」

「おい、落ち着けルーティ。そいつはデリカシーがゼロなんだ。分かってやってくれ」

ファイネルが溜息を吐いて宥《なだ》めようとするが、ルーティは聞かない。

「デリカシーがゼロだから、じゃないでしょう！　ゼロならゼロなりに、増やす努力が必要でしょう！」

「ああ、分かった。私が言っておくから。落ち着け、な？」

サンクリードを揺らし続けるルーティを無理矢理引き剥がすと、ファイネルは懐かしむように笑う。

「ハハッ、しかし……お前も昔とは変わったかと思ってたが……いやいや、全然変わってないな。だが待てよ。昔のお前ならもう関節技に移行していたはずだから、やはり変わったのか？」

「ちょっとファイネル。そのことはよそで言わない約束でしょう」

半目で睨《にら》むルーティの視線から逃れるようにファイネルが目を逸らしたところで、サンクリードは咳払いをして話の流れを中断させる。

「あー、それはともかくだ。ファイネル、さっきの俺とお前の話の内容を端的に言ってみてくれ」

「何故だ」

「誤解してる奴がいる」

わけが分からない、といった顔をしたファイネルはしかし、渋々といった様子で服の間から何かを取り出した。

ファイネルの手の上に載っている物は、小さな人形のように見える何かだ。

小さいファイネル、といった表現がピッタリにも思えるそれは、細部まで丁寧に色分けして塗られている。

これと似たものを、ルーティは以前に見たことがあった。

「……これって」

「とあるゲームの駒でな。私をモデルにしたやつの限定彩色版だ。この色のやつは、ほとんど出ないと言われるくらいなんだぞ」

そう、確か以前サンクリードに連れられてアークヴェルムの街中に行ったときに見た、駒クジというものの駒に似ている。

「お前も知ってるとは思うが、この前の詫びとコイツの仕事を代わってやった礼ということでな。私が貰い受けたというわけだ。それにこの駒も、私のもとにいるほうが幸せというものだ。そうだろう？」

「まあ、そういうことだ。忙しくて普段はなかなか暇がなくてな……さっき受け渡しをしていたんだ」

分かったか、というサンクリードの言葉が、ルーティの頭の中にしみこんでくる。

つまり、誤解。全部ルーティの勘違い。

「なあ、疑問があるんだが」

「……何でしょう」

「結局、何の話なんだ？」

疑問符を浮かべるファイネルに、どう答えたものか。

冷静を装った裏で、ルーティは逃げ出したくなるのを必死で抑えながら考えるのだった。

13

「……なるほど、よく分かった。ああ、よく分かったとも」

ルーティから一通りの説明を受けたファイネルはそう言うと、ルーティの両肩に手を置いて深く溜息をつく。

「だがな、ルーティ。それはない。絶対にないぞ。それともあれか、お前は私が嫌いなのか？　実は私を嫌ってたのか？」

「ど、どうしてそういう話になるんですか」

「いや。だってなあ……。サンクリードだぞ？　私は常々、アイツはデリカシーを最果ての海に落としてきたんじゃないかと疑ってるんだが……そんな奴と私がどうにかなると思うか？」

あり得ないだろ、と言うファイネルにルーティは笑うしかない。

冗談とか誤魔化しとか照れ隠しとかではなく、極めて本気の目だ。何故そんな酷いことを言うんだ、と全身で訴えている。

「あー……その、何といいますか。私、その辺の事情は知らなかったものですから。ごめんなさい、ファイネル」

「いや、分かってくれたならいいんだ。誰にだって間違いはあるさ」

ファイネルはルーティの肩をポンと叩くと、ふっと笑う。

「それより、こんな時間まで起きてるなんて……眠れないのか？」

「ん……まあ、そのような感じ、でしょうか」

途中から余計なことを考えてしまったが、元々はジオル森王国とザダーク王国の未来について考えていたのだ。

公にはなっていないが、今この場にいるサンクリードという男は風の神ウィルムからウインドソードを授けられている。また、同様にニノも双剣を与えられた。

何故ウィルムがそんなことをしたのかはルーティにも分からないが、神が彼等を持つに値する者だと認めたことは間違いないだろう。

そしてウィルムに認められたという事実は、ジオル森王国にとっては大きい。風の神殿騎士であるネファスと同様に、「メイドナイトのニノ」と「魔法剣士サンクリード」に対しても、ジオル森王国は強い興味を抱いている。

さらに言えば、サンクリードが与えられたのがウインドソードであることが問題だった。

このことは、ジオル森王国ではサリガン王とルーティのみが知る事実だ。

ルーティがウインドソードの実物を見たのは、リューヤがウィルムに認められた時だった。そう、あの時は確か――

「おい、ルーティ。お前の分だぞ」

良い香りを漂わせる串焼きを突きつけられて、ルーティは思考の海から帰還する。

気づけば辺りの風景は一変していて、騒がしい酒場のような場所になっていた。

いつの間にか椅子に座っているルーティの隣にはファイネルがいて、テーブルの上にはいくつかの料理の皿が並んでいる。

「え、え⁉　ど、何処《どこ》ですか此処《ここ》は！」

「何処《どこ》って……第一商店街の酒場だが。安くて旨いと評判の店だ」

「え？　で、ですけど」

「話しかけても反応しなかったからな。そのまま連れてきた」

背後からかけられた声に振り返ると、そこには石のコップを複数抱えたサンクリードが立っていた。

「飲み物だ。二人とも、オランジのジュースでよかったんだよな？」

「ちゃんとオレンジとのミックスにしただろうな」

「ああ、そうしてる。だが、店員は戸惑っていたぞ。どっちも似たような味だがいいのか、と何度も聞かれた」

石のコップを机に置いてルーティ達の向かい側に座るサンクリードに、ファイネルは馬鹿にしたような笑みを浮かべる。

「店員もお前も分かってないな。オランジは独特の苦味があるが、オレンジと組み合わせることで苦味が全て甘みに変わるんだ。どちらも酸味があるから組み合わせる奴はこっちではいないらしいが……東方じゃあ、合わせればまろやかになるってことは誰でも知ってる」

言われて、ルーティは目の前に置かれたコップの中身を見つめる。

オレンジはルーティも馴染みのある果物で、ザダーク王国への輸出品リストに入っているものだ。独特の酸味と甘みがあって、その刺激を楽しむシルフィドは多い。

そしてオランジというのは確か、ザダーク王国の果物だ。オレンジに似てはいるが別物で、妙な苦味が食べた後に残る不可思議な物である。

麻痺毒を消す作用があることから、薬草としてジオル森王国に輸入されていたはずだが……どうやらこちらでは、普通に果物として食すようだ。

「はあ……オランジとオレンジの、ですか」

「なんだルーティ、お前も私を疑ってるのか？」

少し傷ついたような顔をするファイネルに、ルーティは慌てて手をブンブンと振って否定の意を示す。

「い、いえいえ！　そういうわけじゃないんです。ただ、オランジとオレンジの果汁を混ぜるという発想がなかったものですから」

「そういうことか。なら丁度いい。飲んでみろ」

笑うファイネルに曖昧《あいまい》に頷いて、ルーティは石のコップを口元までもっていく。

すると、ふわりと甘い香りが鼻をくすぐってきた。そのまま一口分だけ口に流し込んでみると、想像していたよりもずっと柔らかな甘さが口の中に広がっていく。

オレンジ特有の酸味はほとんど消え、しかし甘すぎるというわけでもない。

まろやかなオレンジの果汁。そんな表現がピッタリなジュースを、ルーティは驚きの表情で見つめた。

「……へえ、これは……美味しいですね」

「だろう？　何故こっちに広まらないのか不思議だ」

ファイネルは自慢気に胸をそらすと、手に持っていた串焼きを一口齧《かじ》る。

咀嚼《そしゃく》して呑み込んだ後、じっと手元の串焼きを見て、それからルーティへと視線を移した。

「……すまん、ルーティ。お前の分にと思っていた串だったんだが」

ファイネルの手にあるその串焼きは、先程ファイネル自身がルーティに差し出してきたものだった。

「い、いえ。それにほら、串焼きならまだたくさんあるでしょう？」

串焼きはまだテーブルの上にドッサリと載っている。一本や二本で、どうということもない。

しかしファイネルは首を横に振ると、サンクリードとテーブルの上の串を交互に指差す。

「いいや、見ろルーティ。残っている串は全部タレ焼きだ」

確かに、ファイネルの言う通りだ。

ザダーク王国名物の串焼きがタレ焼きだということは、ルーティも知っている。

だから、そんなに違和感はないのだが……よく見てみると、ファイネルが手に持っているのはタレでなく塩焼きだった。

「コイツ、串焼きを買ってこいと言ったらタレ焼きばっかり買ってきやがったんだぞ。塩焼きが旨いというのに、ほとんどなかった。まったくコイツは……塩焼きを中心にするべきだろう」

「あー、はあ。な、なるほど……」

どうでもいいんじゃないだろうか、という顔をするルーティに、ファイネルは手に持った串焼きを突きつける。

「一口食べてみろ、ルーティ。食べてみれば、そんなどうでもいいって顔はできないはずだぞ」

「え？　でも……」

「いいから。どうせテーブルにあるのはタレ焼きばっかりなんだ。私が一口食べたのが気に入らんなら、新しいのを買ってくるから。いや、待て。一緒に買いに行こう。うむ、それがいい」

立ち上がろうとするファイネルを慌てて制止すると、ルーティは溜息をつきながら串焼きを受け取った。

「もう、何をそんなに興奮してるんですか」

串焼きの肉を一口齧《かじ》ると、ルーティの口の中にじっくり炙《あぶ》られたホロ鳥の肉の味が広がっていった。

淡白といえるホロ鳥の肉ではあるが、たっぷりの肉汁と塩の旨みが合わさって絶妙な味わいを生み出している。ホロ鳥の肉も良質なのだろうが……それを引き立てる塩が良くなければ、ここまでの味は出ない。

「……これは、確かに……ふむ。ええ、美味しいですね」

「だろう？　このタレ焼き派の回し者は、こんなに旨い塩焼きをほとんど買って来なかったんだぞ」

タレ焼き派の回し者扱いされたサンクリードは何も言わず、黙って串焼きの載った皿をルーティの前に押し出す。

「えっと……」

「食ってみろ。そうすれば原点回帰こそ至高などという戯言は言えんはずだ」

「フン、ルーティはもう塩焼きを食べたんだ。今さらタレなどに……」

ルーティは黙ってタレの串焼きを口に運ぶ。

こちらは突撃猪の肉にタレをつけて焼いたもので、甘辛くも香ばしい味が口の中に広がっていった。

塩焼きにはない独特の風味は、シュタイア大陸には今のところないものでもある。

二つの串焼きを味わうと、ルーティは黙って手元の皿に串を置いた。

「どうだ、ルーティ？　やはり塩だよな？」

「いや、タレだろう。ザダーク王国の串焼き職人の研鑽《けんさん》の証……お前にも伝わっているはずだ」

睨《にら》み合いを始めたファイネルとサンクリードを見ながら、ルーティはミックスジュースを一口飲む。

ふう……と一息つくと、ルーティは近くを通った狸のビスティアの店員を呼び止めた。

「ああ、すみません。このテーブルに載ってる串焼きと同じ量の串焼きを。塩とタレの比率は、塩多めでお願いします」

「ハ、ハハハ！　見ろサンクリード！　やはり……」

「静かになさい」

底冷えのするような声がルーティから発せられ、ファイネルの言葉が途中で止まる。

何かを予感してそそくさと離れていく店員を横目に、ルーティはサンクリードへと向き直った。

「貴方《あなた》もなんですか、サンクリード。最初から半量ずつにすればよかったでしょうに。そんなに塩が嫌いなんですか？」

「い、いや。そういうわけではないが……それに、ちゃんと塩も買ってきただろう？」

「そういう問題じゃありません。そもそも塩だろうがタレだろうが、私はどっちでもいいんです。それを何ですか、二人して塩だのタレだのと。どっちも美味しいんですから、それでいいでしょう。ケンカするようなことですか？」

マズイ、とファイネルは直感する。

これはイチカと同じタイプの説教——一切の反論を許されず、魂まで削り取られるようなアレだ。

「あ、ああ。そうだなルーティ。私が間違っていたよ。だから、な？　ほら、な？」

「何がほら、なんですか。いいから黙って聞きなさい。いいですか、この前私の所に来た時も思ったことですが、そもそも貴方《あなた》達の……」

そうして始まったルーティの説教は、店員が串焼きを持ってくるまで続いた。

ちなみに、この店でのタレ派と塩派の論争は、その後一切なくなったという。

14

「いやあ、実に良い時間を過ごさせていただきました。皆を代表してお礼を申し上げます」

「お楽しみいただけたなら幸いです。私達竜の尻尾亭の従業員一同、皆様のまたのお越しをお待ちそれぞれの夜が過ぎていった後、相変わらず曇天《どんてん》の――しかし、曇天《どんてん》ということが分かる程度には明るい空の下で、玄関口に集まっているシルフィド達に、竜の尻尾亭の従業員が一礼する。

「しております」

シルフィド達は夜通し何かの議論をしていたようだが、一切疲れた様子を見せていない。

むしろ議論をすればするほど元気になるようで、徹夜をしたわりには肌もツヤツヤとして元気そうである。

そんな彼等に対して、モカは号令をかけた。

「はーい、帰るまでが観光ですよー！　皆さん、迷わずついてきてくださいねー！」

「ハハハ、違いない。いや、しかしもうすぐ終わりかと思うと寂しいものですな」

「いやいや、実に。来る前はどんな場所かと思いましたが……」

「それにしても、この魔王城の模型の出来は素晴らしい。この技術を導入するには……」

思い思いの感想を言い合うシルフィド達が、案内役のモカについて歩いていく。

この後は、エリック王子達や他のシルフィド達を転送員達が元の場所に送り返す手筈《てはず》になっている。つまり、これにて観光客の第一弾は終了だ。

手を振るシルフィド達の姿が完全に見えなくなった後、ハチェットの後ろにいた従業員達が、次々と崩れ落ちていく。宿泊客の姿が見えなくなった瞬間に、全ての緊張の糸が切れたのだ。

ハチェットも、何とか立っていられる……という状態である。

「……あー……疲れた……次の観光客っていつ来るんだっけ？」

「三日後だよ。今度は貴族とやらじゃないらしいぜ」

ある者は壁に寄りかかり、ある者は床に転がるように倒れている。

竜の尻尾亭の従業員は魔族相手の宿泊所で働いていた経験はあるが、それ以外の相手は初めてだ。しかも、その客は魔王ヴェルムドールの目指す友好の架け橋とやらになる人類である。

となれば、万が一が起きないように全力を尽くさなければならない。

そう意気込んでもてなした結果分かったのは、従業員の人数が思ったよりもギリギリだったという事実であった。つまりは余裕がなく、何かの拍子に崩れる恐れがあるということだ。

「……ハチェットさーん。やっぱり人数増やしましょうよぅ。今の人数じゃ、今後回しきれないですよ」

椅子に抱きつくような格好でグッタリとしている魔人の女がそう呟くと、襟元を少しだけ緩めたハチェットも少し疲れたような声で答える。

「……そうですね。配置も見直す必要があります。とはいえ従業員については教育以前に予算の問題がありますね。今日中に書類を作っておけばどうにか……」

言いながら、ハチェットはふうと溜息をつく。

とにかく、客を送り出したら送り出したで仕事がある。客室の清掃とチェック、さらには次の客を迎えるための準備。やるべきことはいくらでもあるが、まずは清掃だ。

「さあ、とにかく後片付けまでが仕事ですよ！　さあ、全員で協力して……」

やりましょう、と言い掛けて、ハチェットは何やら見慣れぬ三人組がいることに気づいた。

一人は、自信満々な顔をした赤いメイド。

一人は、無表情の青いメイド。

一人は、自信なさげにオドオドした黄色いメイド。

三人のうちの真ん中にいた赤いメイドが、腰に手を当てて胸をそらす。

「ふっふっふ……どうやらお困りのご様子！」

「えーと……貴女《あなた》達は……」

疲れた頭を動かしながら、ハチェットは三人組に向き直る。何処《どこ》かで見たような気はするのだが、いまいち思い出せない。

「聞かれる前に答えましょう。お掃除、片付け、部屋の整理に飾りつけ、環境整備全般なら何でもお任せ！　メイドレッド、クリム！」

赤い少女がそう名乗ってビシッとポーズを決めると、青い少女が進み出てハチェットに書状を手渡す。

「お疲れ様です。私はマリンで、そこの赤馬鹿は名乗りましたが……もう一人がレモン。魔王城からお手伝いに参りました、メイド隊です。で、これが命令書です。中身を確認していただきましたら、すぐに作業を開始しますので」

「あ、ちょっとマリンひどい！　皆でポーズキメようねって約束したじゃない！　私達の友情は何処《どこ》へ!?　ねえレモン聞いて、マリンが酷いの！」

叫びながらクリムが斜め後ろのレモンに抱きつくと、レモンは困ったような表情を浮かべながらクリムの脇腹をつねる。

「……あの、クリム、暑い……です。離してくれないと……その、困ります」

「あっくぁうぁおぉうっ!?　ま、負けない！　レモンの照れ屋さんな親愛表現に私、負けない！

あぎきぃえぁうっ、は……あひぅぃぃ……っ」

「作業終了時には、完了確認の書類に印をいただく必要がございますが、よろしいでしょうか？」

「え、ええ、それは問題ないけれど。後ろの彼女達は大丈夫なの？」

マリンは背後をチラリと振り向くと、すぐにハチェットへと向き直る。

「ええ、問題ありません。少々お待ちください」

マリンはそう言うと再度振り向いて、クリムとレモンに近寄っていく。

そのまま二人を引き剥がすと、マリンはパンと手を叩いた。

「はい、寸劇終わり。仕事の時間よ。二人とも準備はいい？」

「問題ない、です。レモンは、いつでもおっけー……です」

「私もおっけーだよう……」

ちょっと満足気なレモンと涙目のクリムを見て頷くと、マリンはハチェットに向き直った。

「……というわけで、早速作業を開始させていただきます。クリムは客室整備、レモンは厨房へ、私はその他の全ての業務と統括。何かご要望があればそれもさせていただきます。いつでもお声をおかけください……さあ、始めるわよ！」

「おっけいー！　おりゃりゃりゃりゃりゃー！」

何処《どこ》からか長柄の掃除用具を取り出したクリムが走り去っていき、レモンは迷いのない足取りで厨房へと駆けて行った。

「では、私も玄関ホールの清掃から始めさせていただきたいと思いますが……その前に、皆様を休憩室へお運びしたほうがよろしいですか？」

その言葉にハチェットは残った元気を奮い立たせて叫ぶ。

「皆！　さっさと立ち上がりなさい！　応援の人に全部させるつもりですか⁉　竜の尻尾亭の従業員の根性を見せてさしあげなさい！」

「は、はいハチェットさん！」

「よぉし、料理係は厨房に行くぞ！　全員、駆け足！」

「客室係も部屋の清掃と備品のチェックを！」

「接客係は……えーと、従業員スペースの清掃と全体のサポート！」

バタバタと竜の尻尾亭が慌ただしくなる中で、ハチェットはマリンを軽く睨《にら》む。

「……まったく。貴女《あなた》、性格悪いとか言われるでしょう」

「いいえ？　いい性格をしているというお言葉ならよくいただきますが」

「つまりは性格悪いってことじゃないですか」

ハチェットは苦笑すると、手近にあった掃除用具を手に取る。

「まあ、折角の応援ですが……ほとんど出番はないかもしれませんね」

「おや、そうなのですか？」

「ええ、竜の尻尾亭の従業員は皆優秀ですから」

その言葉にマリンはなるほど、と頷いて別の清掃用具を手に取る。

「それはそれは。けれど、私達はもっと優秀ですよ？」

「おや。言いますね」

「ええ、勿論《もちろん》です。魔王城が誇る私達メイド部隊、慣れぬ場所とはいえ負けはしません」

薄く笑うマリンに、ハチェットも笑みを返す。

「……なるほど。そうやってノセるのが貴女《あなた》の手なのですね」

「さて、何のことでしょう？」

笑い合う二人。

しかし、そこでマリンがポンと手を叩く。

「伝言？」

「ああ、そうそう。伝言を忘れておりました」

「ええ、後ほど魔王様がねぎらいにいらっしゃるそうです」

その言葉に、ハチェットの笑みがピキリと固まる。

「魔王様が……？　それは、何時頃ですか？」

「手が空き次第、とおっしゃっていましたが」

マリンの返答と同時に、ハチェットの姿がマリンの前から掻き消えた。

勿論《もちろん》、本当に消えたわけではない。ハチェットが飛ぶような勢いで仕事を始めただけだ。

「それを最初に言いなさい。そうすれば、貴女《あなた》達を遠慮なくこき使ったものを。ともかく、魔王様がいらっしゃるとなれば、もう貴女《あなた》と会話している暇はありません。私の半分程度には役に立つことを期待していますよ」

言いながら何処《どこ》かへと立ち去ったハチェットを見送り、マリンは溜息をつく。

「……さて、と。では全員のフォローを始めましょうか。まずは……っと」

その言葉と同時に、マリンもハチェットに勝るとも劣らぬスピードで移動を開始する。

本気モードのハチェットとマリン。

この後ヴェルムドールが到着するまでの間、二人の仕事の鬼による嵐が竜の尻尾亭に吹き荒れることになる。

15

ジオル森王国の首都ロウムレルス。そこにある王宮の謁見の間にて、第四王子エリックは父であり王であるサリガンの前にいた。

サリガンは、長い時を生きる王にして、勇者伝説の登場人物でもある。

エリックは母や兄から父の伝説を聞き、いつか自分も父のようになりたいと願ってきた。そのため、物心ついたときから、エリックにとって父は父ではなく、遥か高みにいる伝説の人物であり、偉大なる賢王だったのだ。

今回の観光の任務を任された時、エリックは舞い上がる気持ちを必死で抑えた。

しかし、同時にサリガン王の狙いが何なのかも分からなかった。

勇者パーティの一人であるルーティを供につけたことから、隙あらば魔王を討ち取れということかとも思ったが、その考えはすぐに捨てた。

だとしたら、自分ではなく武勲に勝る兄達が選ばれているはずだからだ。

そこで、エリックはもう一つの考えに至った。

つまり、サリガン王がザダーク王国との友好関係の強化を考えているということだ。

もしそうであるなら、伝説の時代をよく知る兄達ではある意味不向きだろう。万が一何かあったら、ザダーク王国との関係は悪化するだけではすまない。

無論、兄達とて愚か者ではないから、現在は魔族に対する考えが変わっている可能性もある。

だが、それでもサリガン王はエリックを選んだ。

その理由をエリックは、自分が伝説の時代を知らないからだと結論づけた。自分が何も知らぬが故《ゆえ》に、公平な目で見ることができるからだと。

エリックは自分なりに魔族というものを、ザダーク王国という場所を見てきた。

今エリックは、サリガン王の期待に応えたという自信を持って王の前にいる。

「……うむ、エリック。面《おもて》をあげよ」

「はい」

サリガンの言葉を受け、エリックはようやく伏せていた顔をあげる。

「さて、エリックよ。お前を観光の第一陣の代表者としてザダーク王国へと送ったわけだが……」

「はい」

「お前は、あの国をどう見る？」

サリガンの問いに、エリックはどう答えるべきかと迷う。

軍事、経済、政治の三点については、エリックが報告できることは少ない。あのイチカというメイドナイトに連れられた範囲では、それぞれについて詳細に語ることはできないからだ。

しかし、それでもエリックは昨晩から纏《まと》めていた自分の答えを口にする。

「はい、王よ。あの国は、王と法の下に統治の行われる大国にございます」

その言葉に、並んでいた重臣達の一部は頷き、一部はざわめく。

頷いた重臣達は、以前にサリガンと、あるいは今回エリックと共にザダーク王国に行き、実際に見て来た者だ。

サリガンは面白そうに頷くと、玉座のひじ掛けをトンと叩く。

「……なるほど、大国か。何をもってそう感じた？」

エリックが見たものはザダーク王国のごく一部に過ぎない。それで国全体を語るのは、本来は愚かであろう。

しかし、エリックには確信があった。

「城と、街、ドラゴン。この三点で全ての説明はつきます」

「ほう、言ってみよ」

サリガンに促され、エリックは続ける。

「まずは城。これは国の最高の技術の結晶です。つまり、城を見れば国の技術が測れます。その観点から見るに、ザダーク王国の技術はサイラス帝国に勝るとも劣らぬ域までできていると言えるでしょう。もっとも、サイラス帝国は秘匿《ひとく》している技術が多すぎるため、私見に過ぎませんが……」

火と鉄の国とまで呼ばれるサイラス帝国の技術は、見えない部分が多い。大陸の外周をグルリと回る大型の「船」だって、現在ではサイラス帝国しか作れないのだ。他にどんな技術を隠し持っているか、知れたものではない。

しかし、それはザダーク王国とて同じだろう。

「なるほど、大きく出たな。では、次は街か。そこから何を読み取ったというのだ？」

「はい。街を見れば民が分かります。私は他の者ほど民を見てはおりませぬが、それでも確かに笑顔を見ました。それも、ゴブリンとビスティアの笑顔です。私は正直、連中があんな顔をできるとは思ってもみませんでした」

ゴブリンとビスティアが肩を組んで笑い合う光景を見る機会があるとは思わなかった。

ぼろきれや奪った装備を纏《まと》い、人類を襲うシュタイア大陸のビスティアとは違う何かがある。

いや……あるいは、シュタイア大陸のゴブリンやビスティアとも、そういう関係を築く余地があるのだろうか。

「私はあの光景に、真の平和の可能性を見ました。そして、街自体も非常に豊かで発展しているように見受けられました。下々まで正常に経済が回っている証でしょう」

この言葉には、今回の観光に行ったシルフィド達が頷く。買い物までしてきた彼等には、魔族の民の暮らしがエリック以上によく理解できた。

「なるほど。では最後はドラゴンか。これは私も見てきたから、その脅威については知っている。統率されたドラゴンの群れは、まさに世界最強の戦力と言えるだろう」

「いえ、そのことではございません」

エリックは、ドラゴンロードサービスのことを思い出す。

今サリガンは「戦力」と言った。ならば、サリガンはドラゴンロードサービスは見なかったということだろう。

「ザダーク王国には、アースドラゴンを使用した交通手段がございます」

この言葉には、謁見の間の重臣達が一斉にざわめきだした。

アースドラゴンの脅威を知らない者はいない。立ち塞がる全てを弾き飛ばす陸の王者。それを馬車代わりに利用するなど、誰も夢想すらしないだろう。

「そうですね……我が国の英雄ルーティのアースワームと同様の箱を載せて走っておりました。一定区間を定期的に走らせ、国全体での交通網と呼ばれるものを作っているようでございます」

「……なるほど。確かにドラゴンを統率できるならば、それをアースドラゴンにさせることも容易《たやす》かろう」

納得したように頷くサリガンに、エリックは首を横に振る。

「いいえ、王よ。アースドラゴン達は、自ら馬車代わりとなっているそうでございます」

イチカと呼ばれるメイドナイトやルーティと一緒にアースドラゴンに乗っている時、アースドラゴン自身と会話する機会があった。

会話できるのは聖竜イクスレットのような特別なドラゴンだけだと考えていただけに、エリックには感慨深いものがあったが、そのアースドラゴンも自ら望んでドラゴンロードサービスに所属したのだとエリックに教えてくれた。

「アースドラゴン曰《いわ》く、自分が地を駆ける行為に意味が与えられたのが嬉しいと。自分の巨体にしかできぬことがあるのが嬉しい……とのことです」

「ま、待っていただきたい！」

そこで、無礼と分かっていながらも一人の重臣が身を乗り出した。彼は伝説の時代を知る古いシルフィドの一人で、かつてジオル森王国を襲ったドラゴンを実際に見ていた。

勇者リューヤと英雄ルーティ、そして居合わせた伝説のメイドナイト、レイナが撃退したドラゴンは、空飛ぶドラゴンであったが、会話など一切できなかった。そのドラゴンは怒りに満ちた咆哮《ほうこう》とわけの分からぬ鳴き声をあげ、破壊を撒き散らしていただけだったのだ。

サリガンもその時の荒れ狂うドラゴンのイメージが強く残っていたし、だからこそ魔王軍の総軍演習で統率されたドラゴンを見た時には、それを成した南方将という魔族の男にある種の畏れを抱いた。しかし、統率されたドラゴンを見ても、そのイメージは「会話不能の怪物」のまま変わらなかったのである。

しかし、エリックは今、確かにドラゴンに話を聞いたと言った。

「ド、ドラゴンと会話した……と?」

「何かおかしなことが?」

エリックにとってドラゴンとは、英雄譚に出てくるドラゴンだ。そこに登場するドラゴンは邪悪でこそあるが叡智《えいち》を誇り、英雄達と語っていた。その口から悪を吐き、時には愚かな者を誘惑もした。それを英雄達が撥ね除けて勝つ、というのが英雄譚の王道だ。

故《ゆえ》に英雄譚に出てくるドラゴンしか知らないエリックは、喋るアースドラゴンを何の違和感もなく受け入れた。

だからこそ、エリックはこう聞き返す。

「ドラゴンとは喋るものでしょう? 中身が空《から》の鎧が共通語を解するというのに、ドラゴン程の者達が会話できないはずがない」

今ジオル森王国の国境警備を請け負っている魔操鎧《まそうよろい》達も普通に会話するのだから、それを考えれば確かに……と思わないでもない、のだが。

ルーティはかつて暗黒大陸でラクターと戦っていたので、ドラゴンは喋ることもあると知っていたが、わざわざ「喋るドラゴンと戦った」などと吹聴することはなかった。隠していたわけではなく、単純に重要だと思わなかったからである。

「くくっ、なるほどなるほど。お前の言う通りだエリック。うむ、実に面白い。もっと聞かせてくれ。お前の見た物、聞いたこと、感じたこと。私はそれをもっと知りたい」

「はい、王よ。お望みのままに」

サリガンは今、エリックが予想以上の成果を持ち帰ってきたことに喜んでいた。エリックは将来、王族として相応《ふさわ》しい男になるはずだ。

16

観光という一大事業が始まり、ザダーク王国は新たな一歩を踏み出した。

人類との友好、魔族の平和。魔王ヴェルムドールの望む未来の見え始めたザダーク王国だが、その国内に今、奇妙な噂が流れていた。

それはある種の怪談話だった。しかし日が経つにつれ、次第にその噂を真剣な顔で論じる者がチラホラ現れ始めたのだ。

そして今日もザダーク王国西方の街アイザイドの酒場に、その噂について話すノルムとビスティアがいた。

「だからさ、出たらしいのよ」

「まぁた、その話かよ。お前、もう酔ってるんじゃねえだろうな」

ノルムの女の切り出しで何を話すつもりか分かったのか、狐のビスティアの男はうんざりだといった様子で椅子に背中を預けて天を仰ぐ。

そんな男の態度にノルムの女は少々イラッとし、机をバンと叩く。

「グローク。あたいは真面目に話してんのよ。大体、今日はまだ一杯も飲んでないっての」

「おう、そうだろうともさ。お前はいつだってシラフで大真面目さ。この前だって真剣な面《つら》してマルグレッテ様が巨大化してドラゴンと取っ組み合いしてたとか言ってやがったよな。あの時は何杯目だっけ？」

「グローク！」

再度ノルムの女が机を叩くと、グロークは疲れたように息を吐く。

「はいはい分かったよ。で、今度は誰が出たってんだ。デッデード様か。それともイーフォン様か？」

「だから真面目に聞けって言ってんでしょうが」

「だから聞いてるだろぉがよ。真面目でなけりゃ、とっくに飲み始めてるよ。あ、すんませーん、俺とコイツにリンギル酒。一番デカいやつね。あと、なんか適当につまめるものあれば。いや、串とかじゃなくて揚げ物ぐぇ！」

「お前を揚げてやろうか！　ええ、コラ！　あたいの話を聞けっつってんだろが！」

ノルムの女がテーブルを乗り越えて跳び、グロークの膝《ひざ》に乗って鼻を引っ張りだした。

彼女が話そうとしていたのは一つの噂話であり、グロークが名前を挙げたのは、その噂話に関連するかもしれない人物の名前である。

その噂話とは非常に単純でありふれたものだ。

死んだはずの奴を見た。その一言で済んでしまう話である。

あまりにもくだらないが故《ゆえ》に、それを聞いたら大抵の者はこう言うだろう。

お前は酔っていたか、さもなくばそいつは実はアメイヴァだったのさ、と。

アメイヴァであれば時間をかけて再生する。それに、再生時に死んだ魔族の姿を借りるアメイヴァだっているかもしれない。

たとえば東部で有名な「爆炎のアルム」などは何度も姿を変え、今はツインテールの少女の姿になっているという。

東方最強の「雷刃のファイネル」に粉々にされてもまだ復活するアルムは特別だとしても、アメイヴァとは非常にタフで変幻自在なものなのだ。

だから、アメイヴァが死人の姿でうろついていたところで、不思議でも何でもないのである。

「ぐえっ、げごっ、や、やめろチャクトゥ！　俺の自慢の鼻が曲がっちまう！」

「うるさい！　毎日毎日暇さえありゃ鼻磨きやがって！」

「ぐえー、は、鼻が引っこ抜ける！」

なおもグロークの鼻を引っ張るチャクトゥを、周りにいたノルムやビスティア達がもっとやれと囃《はや》し立てた。

二人のケンカは日常茶飯事だし、二人とも引き際は知っている。

だから、止めようとする者はほとんどいないのだが……この日は少々、違っていた。

「まあまあ、そのくらいにしませんか？」

「あ？」

グロークの鼻を掴《つか》んでいたチャクトゥは聞こえてきた声に振り返り……思わず、その手を離す。

そこに立っていたのは、優しげな笑みを浮かべた一人の青年だった。

いや、青年という程身長は高くはない。

青い髪に青い目、幼さを残した顔立ちもまた可愛らしい。

青年の持っている柔らかく温かな雰囲気に、思わずチャクトゥは毒気を抜かれてしまった。

そうさせるだけの魅力が青年にはあり、女性店員も何度も青年を振り返りながら仕事をしている。

ラフな格好ではあるが、青年の腰には何やら派手なデザインの黒い剣が差してあった。それがアンバランスながらも、彼がが持っているというだけでどことなく魅力的なファッションに思える。

「すみません、事情も知らないのに。かえってご迷惑だったかもしれませんね」

「え!? あ、いやあ。そ、そんなことないって！ あ、あはは！ ごめんな、見苦しいところ見せちゃってさ！」

「お、おいチャクトゥ……」

思わずグロークはチャクトゥに手を伸ばすが、彼女が膝《ひざ》から飛び降りたせいで、その手は虚しく空《くう》を切った。

「あー、魔人にしちゃ小さいかなと思ったけど、やっぱりあたいのほうが背が低いなー」

「あはは、そうですね。でも僕としては、やっぱりもうちょっと背が高いほうがいいんですけどね」

「そうかい？ あんまりデカい奴ばっかりでも困るけどね。大体……」

「うぉい！」

我慢しきれなくなったのか、グロークが椅子から立ち上がってチャクトゥを引き寄せた。

「なんだよグローク。いきなり叫んだりすんなよ、迷惑だろが」

「おめぇーが言うなよ！　つーかオイオイ！　なんでいきなり知らない奴と和《なご》んでんだよ！」

「別にグロークが気にすることじゃないだろ？」

「あ、えーと。困ったなあ」

青年は頬を掻いて、どうしたものかと思案する様子をみせる。

そんな青年をグロークはキッと睨《にら》み付け、青年の眼前に進み出た。

「あー、なんだ。さっきはすまねえな。店でケンカなんぞ始めたのは悪かったよ。で、俺はグロークっつー細工職人だが、お前は誰だよ。ここらの奴じゃねえだろ」

確かに、青年の姿をこの辺りで見た者はいなかった。こんな青年が街にいれば、男はともかく女達は忘れない自信がある。

「あ、そういえば自己紹介してませんでしたね」

青年はそう言うと、敵意のない笑顔をグロークに向ける。

その様子に、敵意丸出しだったグロークは思わずうっと唸《うな》った。

自分の器の小ささを思い知らされたように感じて、グロークはそのまま黙り込んでしまう。

そして青年は、そんなグロークに手を差し出した。

「僕の名前は、ルモン。東方軍ルルガルの森担当部隊の……隊長やってます。あ、今日は非番なんですけどね」

東方軍と聞いて、グロークの警戒心が緩んだ。

東方軍といえば、東方将《とうほうしょう》ファイネルを慕って集まった「ファイネルファンクラブ」であると、もっぱらの噂だ。

勿論《もちろん》真実は違うし、ファイネルが聞いたら間違いなく激怒するだろうが、その噂を特に根拠なく信じていたグロークはほっと安堵の息を吐いた。

それなら、このルモンと名乗った男にチャクトゥをとられることはないだろうと思ったのだ。

警戒を解いたグロークは、ルモンに適当な愛想笑いを浮かべてみせる。

「あー、そ、そうか。すまねえ、喧嘩腰になっちまってよ」

「いえ、気にしてませんよ。元々首を突っ込んだのは僕ですから」

「そ、そうか。そう言ってもらえると助かる」

グロークは後頭部を掻きながら、おざなりな笑い声をあげた。

すると背後からチャクトゥが出てきて、差し出されたままだったルモンの手を握る。

「まあ、とにかくありがとな。あたいはチャクトゥ。このバカの先輩の細工師さ。非番で西方に来るなんて変な奴だね。こっちは何もないだろ？」

「そ、そうだな。お前変な奴だよ、ハハ……くっ、この…ハハハ！」

グロークはルモンの手をがっしり握ったチャクトゥの手を引き剥がそうと頑張るも、チャクトゥに睨《にら》まれて黙らざるを得なかった。

グロークが大人しくなったのを見て、チャクトゥはルモンの手をパッと放す。

「えーと……そうですね。僕の用事は特にこれといったものがあったわけじゃないんですよ。ただ、ほら。観光が始まったでしょう？」

「あー、まあね。でも西方は関係ないだろ？」

「そうだそうだ、観光なら南方でも行くべきだをぶあ」

チャクトゥはまたもやグロークの鼻を掴《つか》んで黙らせると、肩を竦《すく》めてみせた。

「ま、このバカの言う通りだろ。西方は観光計画からも外れてるんだ。こんな場所で何見るってんだい？」

「いやあ、むしろ観光地じゃない静かな所に行こうかなあ、と思ってきてみたんですよ」

あはは、と笑うルモンにチャクトゥは思わず噴き出す。

「変な奴だなあ、お前！」

「あはは、よく言われます。で、変な奴に変なことを教えて欲しいんですけど。いいですか？」

「その物言いも変だな、ハハ。いいよ、何を聞きたいんだ？」

ルモンはチャクトゥに頷いてみせると、聞き耳をたてていた店員に自分用のジュースを注文する。

店員が慌てて奥に引っ込んで行ったのを見送り、ルモンはチャクトゥへと視線を戻した。

「さっき貴女達《あなた》がケンカを始める前にしようとしてた話を、聞かせて欲しいんですよ」

「え？」

思わず聞き返すチャクトゥに、ルモンは笑いかける。

「ですから、さっきの噂話。僕に是非、聞かせていただけませんか？」

そういう話、好きなんです……と言って、ルモンは近くの椅子を引き寄せた。

「メシュラムって魔人、知ってるかい？」

「んー……いえ、知りませんね。どんな方なんですか？」

「いや、あたいも会ったことはないんだけどさ」

ルモンが首を横に振ってみせると、チャクトゥもそう言って肩を竦《すく》める。

そこで、グロークがあー、と口にした。

「懐かしい名前聞いたなあ。メシュラムって、あれだろ？　確かイーフォン様とすっげー仲悪かった人」

「そのイーフォンさんという方も知らないんですよね……」

困ったようにルモンが言うと、呆れたような顔でグロークが溜息をついた。

「おいおい、西方じゃ有名人だぜ？　これだから魔人様ってぇのはよぅ」

人差し指を立てて横に振り、グロークは自慢気な顔をした。

この優男の知らないことを知っている自分カッコいいという表情だが、チャクトゥからの好感度は上がるどころかむしろ下がっていることに、本人は気づいていない。

「いいか、イーフォン様とメシュラム様っつーのはな。この国ができる前にいた自称魔王の方々で、頭悪い、金払い良い、仕事はゆるい、の三拍子揃った素敵な職場を提供してくれた魔人達なんだ。

まあ、どっちにしろ新しい魔王様のいる今となってはいだだだ！」

「そんなとこに勤めてたのか、このろくでなし！」

「ぐえー、待て待て！　ちげぇって！　噂に聞いただけだって！」

即座にキレたチャクトゥがグロークの鼻を掴《つか》んで捻り、慌ててルモンがそれを止めに入る。

「ま、まあまあ。話を戻しましょう。そのメシュラムさんがどうしたんですか？」

「え？　ん、ああ。死んだはずのソイツを見たって奴がいるのさ。元々アメイヴァそっくりな奴だったけど、やっぱりアメイヴァだったのかって話でね」

なるほど、とルモンは頷く。

そのメシュラムという魔人も、やはり死んでいるらしい。

チャクトゥの言うように実はアメイヴァの魔人であったか……あるいは、噂の一部にあるようにアメイヴァが死んだ魔人の姿をとっているのかもしれない。

いや、ひょっとすると死んだとされていただけで、実は生きていたという可能性もあるだろう。

そうであれば、特に問題はない。ルモンが関わるべきことではないし、積極的に関わろうとも思わない。

だが……もしルモンの想像通りならば、話は別だ。その場合は最優先で潰さなければならない。

「そういえば、そのメシュラムさんは……どうして死んだのですか？」

「ん？　んー……そういえば、なんでだっけ？」

チャクトゥに話を振られ、グロークは運ばれてきた芋の揚げ物を一つ摘んで口に放り込んでから答える。

「はふっ、はほっ……むぐ。つまんねえ話だよ。みーんな殺されちまったのさ。ま、仕方ねえわな。

あの時は暗黒大陸全部で大騒ぎだったしよ」

「……なるほど」

四方将《しほうしょう》決定戦。そう呼ばれる戦いの中で死んだらしいと考え、ルモンは頷く。

それは確かに、記憶の中にある。新魔王ヴェルムドールに、我こそ最強と示したい魔人達が東西南北に分かれて壮絶な争いを繰り広げた戦いのことだ。

その戦いの最中に死んだと伝えられているならば、実は生きていたという可能性も否定しきれないだろうか。特にこの西方は、引きこもりの魔人が多かったと聞くから、そんな彼等が積極的に戦ったとも思えない。

「……そう、ですか。しかしそうなると、実は死んだと思わせて……という可能性も高そうですね」

「あー、だよねー。ほら、真なる闇《エル・ダクネス》の噂知ってるかい？　実はアレが実在するんじゃないかって話でね」

真なる闇《エル・ダクネス》は反魔王組織だと噂されるものだが、これもまた根拠のない噂話の一つだ。

何しろ、反逆する理由がない。今は魔王ヴェルムドールの統治によって前よりもずっといい時代になっているのだ。

しかし、グロークは納得したように頷き返す。

「ああ、あり得ない話じゃねえなあ」

「え？」

予想外の言葉に、ルモンは思わず聞き返してしまった。

しかし、グロークはそれには気づかずしゃべり続ける。

「だってよぉ。噂に出てる方々って皆アレだろ、自称魔王の連中だ。真なる闇《エル・ダクネス》を結成してたとしても、おかしくはねえわな」

「まあ、マジなら馬鹿な話だよねえ」

「まあな。行動起こした時点で潰されるのは間違いねえよ。なあ？」

「……ええ、そうですね」

ルモンはそう言って笑みを浮かべ……しかし、考える。

魔王を自称するような連中であれば、反逆しても不思議ではないかもしれない。

しかし、そんな連中が未だに生き残っているということが、あり得るだろうか。

魔王ヴェルムドール。

暗黒大陸にザダーク王国という秩序を作り出した男。

魔族に幸福で豊かな生活をもたらした、新たなる魔王。

……だが、それだけではない。

四方将《しほうしょう》決定戦。あれは間違いなく、ヴェルムドールの仕掛けたものだとルモンは考えている。

恐らく、それで多少なりとも魔族が死ぬことを予測していただろうし、これからの暗黒大陸に必要な魔族、不要な魔族を選別する意味もあったはずだ。

そんなことをできる男が、将来の不安要素を放置しておくだろうか。自分に逆らう可能性のある者を、見逃すだろうか。

もしルモンがヴェルムドールであったならば、確実に殺す。

混乱の中でそういった者が死んだとしても、誰も疑問になど思わない。その死を悼《いた》む者すらいないだろう。

つまり、殺さない理由がない。

ならばヴェルムドールは、何らかの手段で確実に葬り去ったはずだ。

と、なると――

「おい、見ろよアレ。すっげえ鎧だな」

「おおー、ありゃ凄いね。オルレッド様が見たら対抗意識燃やすんじゃないの？」

グローク達の感心したような言葉が耳に入り、ルモンの思考はそこで途切れた。

二人の見ている方へとルモンも目を向けると、そこには派手な銀色の鎧の後姿があった。

その全身鎧は刃を体中にくっつけたかのような凶悪なデザインで、あれを混雑する街中で着て歩いたら、非難轟々《ごうごう》であろうことは間違いない。

「ありゃどう見ても軍所属よね。西方軍かな？」

「さあなあ。南方軍かもしれねえぞ」

次第に遠ざかっていく後姿を見ながら、チャクトゥとグロークは囁《ささや》きあう。

意見を求めようとして、二人はルモンを見て……ぎょっとした。

ルモンの顔からは笑みが消え、鋭い視線で鎧の立ち去った方向を見つめていたからだ。

「お、おい？　どうした？」

「……え？　何ですか？」

恐る恐るといった様子でグロークが声をかけた時には、すでにルモンには笑みが戻っていた。

「いや、その。なんちゅーか、恐ぇ顔してたからよ」

「え？　ああ！　あはは」

遠慮がちなグロークの言葉に、ルモンは照れくさそうに笑う。

「いやあ、街中で着るには迷惑そうな鎧だなあ……と」

「ああー……まあ、な。そりゃそうだ」

グロークにルモンは微笑を浮かべたまま頷くと、小金貨を一枚置いて立ち上がった。

「面白いお話、ありがとうございました。お二人の邪魔をしても悪いですし……僕はそろそろ、行きますすね」

「え？　別に気にしなくていいのに」

少しだけ名残惜しそうに言うチャクトゥに、ルモンは困ったように笑いかける。

「ありがとうございます。また次の機会があれば、その時に」

そう言って、ルモンは身を翻して歩き去っていく。

その姿が見えなくなるまでチャクトゥは見送って……その隙にテーブルの上の小金貨にそっと伸ばしていたグロークの手をつねりあげた。

「……いって、いってってえ！」

「なんかこう、不思議な魅力のある人だったねえ」

チャクトゥは素早く小金貨を懐に仕舞うと、ルモンの消えていった方向を名残惜しそうに再度見た。

そんなチャクトゥをグロークは苦虫を噛み潰したような表情で見ながら、つねられた手に息を吹きかける。

「何言ってんだよ、おめぇは。ありゃあ、どう見ても関わったらいけねえタイプだろ」

「は？」

「さっきの目見たろ。たぶん、アレが本性だぜ」

分かってねえなあ、と言うグロークに、チャクトゥは冷めた視線を向ける。

確かに、先程のルモンの目は尋常ではなかった。

底冷えするような恐怖を呼び起こされる、冷たい目。

しかし、それが何だというのか。

「それこそ何言ってるのさ。あたい達は魔族だろうがよ」

大なり小なり、魔族はそういう面を持っている。

むしろチャクトゥは、あのルモンとかいう魔人の青年がただ優しいだけの男でなくてほっとしたくらいだ。

「軍所属みたいだしね。武人として何か刺激されるところでもあったんだろうさ」

「……そんな単純な話かねえ」

「単純なお前に言われたら終わりだよ」

不機嫌そうなチャクトゥを見て、これ以上この話はやめようとグロークは黙り込む。

どうせ、もう会うことはないだろう。だから忘れてしまえばいい。

ただ、それだけの話なのだから。

17

ダンジョンとは、魔族の防衛拠点にして迎撃拠点である。

人類から奪った数多《あまた》の財宝が蓄えられ、無数の罠が張り巡らされた迷宮の最奥では、その主が待ち受けている――吟遊詩人は、よくそんな風に謡う。

一方、魔族側から見れば、罠が正常に動くよう管理する必要があるし、また、財宝を警備するための人材も必要だ。

そんな手間をかけて何をしているのかと言えば、ダンジョンの奥で待ち構えているだけ――平たく言えば、穴倉の奥に引きこもって好き勝手やっているだけである。

ダンジョンを持つ魔人が「穴倉魔人」と馬鹿にされるのは、このあたりに理由がある。

ザダーク王国の西方は特にダンジョンの多い地域で、自称魔王を名乗るダンジョンの主だらけであったが、彼らは暗黒大陸統一時にニノによって殲滅《せんめつ》された。

まともな魔人であればダンジョンには住みたがらず、主を失った廃ダンジョンは再利用されないまま、やがて人々の記憶からも消えていった。

そうした廃ダンジョンの中の一つ、かつてメシュラム地下宮殿と呼ばれていた場所の最奥に、広い部屋がある。

その部屋の中にあるのは、一つの玉座。

装飾が過ぎて何処《どこ》となく趣味の悪い玉座に座っている魔族もまた、派手な服を着ていた。

アメイヴァを集めて無理矢理人型にしたらこうなるであろうという姿をした男は、この地下宮殿の主、メシュラムと呼ばれていた魔人である。

メシュラムの前に跪《ひざまず》いているのは、ゴブリンやビスティア達を中心とした総勢三十名程の魔族達だ。それを視界に収めたメシュラムは、玉座の間に響くような大声を張り上げる。

「……今の世の中は間違っている！　真なる魔王たるワシを差し置いて、偽者が魔王を名乗っておる！　しかも聞くところによれば、人類と友好を結ぶなどという方針……許せん！　ワシはこれを断固たる意志をもって断罪する！」

メシュラムの演説に、喝采《かっさい》が巻き起こった。

それをメシュラムは満足気に見守り、収まるのを待ってから続ける。

「しかし、安心するがいい！　我等の計画も遂に最終段階に移ろうとしている！　真の魔王たるワシを世界が知る日も近い！　その時こそが魔族の時代の本当の始まりとなろう！」

再び巻き起こる拍手、歓声、喝采。

それが止むのを待っていたかのように、ワンテンポ遅れて一つの拍手が響いた。

その拍手をした者を不快そうに視線で探したメシュラムは、玉座の間の扉の前に立つ何者かに気づく。

そこにいるのは、ニコニコと優しげな笑みを浮かべる青髪の青年だった。

腰に立派な黒い剣を差した青年は、拍手をやめると、メシュラムに向かって会釈する。

「貴様……いつからそこにいた。何者だ!?」

「先ほど、普通に扉から入りましたけど。演説に熱中されていたようですので、邪魔しないように此処《ここ》で待ってましたが」

当然のように言う青年に、メシュラムはぐっと押し黙る。扉の前には警備員を置いておいたはずだ。

「それで、何用だ。この真の魔王たるメシュラムに仕えにでも来たのか」

「うわあ……そうくるんですか……なるほど、真の魔王ですか……」

青年は思いっきり引いた様子で呟くと、呆れたように首を横に振った。

「なるほど、よく分かりました。まさか不良品だとは想像もしてませんでしたが……まあ、いいです」

「ふ、不良品だと!? 貴様、このワシを誰だと！」

「誰も何も。貴方《あなた》、本当にメシュラムさんですか？」

青年の問いかけに、メシュラムは呆気にとられたような顔をした。しかし、すぐに小馬鹿にした表情に変わると、配下の魔族に号令をかける。

「ハハッ、くだらん！　ただの阿呆だったか！　お前達、こいつを斬り刻んでやれ！」

その言葉に応え、メシュラムの配下達は次々に武器を構えた。

しかし、青年はそれにも慌てた様子を見せない。

「ああ、申し遅れました。僕はルモンといいます。まあ、貴方《あなた》達を殺しに来たんですが……そちらもそのつもりみたいなんで、恨まないでくださいね」

青年——ルモンが腰の剣を引き抜くと同時に、メシュラム配下の魔族達も青年に向かって走り出す。

「……形態変化《トランス》、投擲剣《ブーメランブレード》」

ルモンの声と同時に魔力が剣へと流れ込み、その姿を大きく変化させた。

一瞬の後に、両翼を広げた鳥のような形に変化を遂げた巨大な黒刃。それを振りかぶり、ルモンは思い切り投擲《とうてき》する。

ゴウ、という音を立てて飛翔する黒刃はメシュラム配下の魔族達を斬り裂き、玉座のメシュラムへと迫る。

自分の部下達を武器ごと斬り裂きながら迫るそれを見て、メシュラムは理解できないといった顔を一瞬した後、絶叫をあげる。

「ヒイィ！　待て待て待て待て！　おい、ワシが誰だか本気で理解しているのか！　ワシは、ワシは真のヒイ！」

メシュラムは腰を抜かして座り込み、自分の頭の上ギリギリを通り抜けた黒刃が旋回して再度頭上を掠《かす》めていったのを見送ると、ガタガタと震え始めた。

戻ってきた黒刃を片手で受け止めたルモンは、メシュラム以外に動く者がいないのを確認し、優しげな笑顔をメシュラムに向ける。

「実はですね、貴方《あなた》に聞きたいことが二つあるんです。答えていただけます？」

言いながら、ルモンはメシュラムのもとへ静かに歩いていった。

すっかり戦意を喪失したメシュラムは卑屈な笑みを浮かべながら、殺されまいと必死に頭を働かせる。

「わ、分かった。答えてやろうじゃないか！　そ、それよりもだな。お前、ワシの配下にならんか!?　お前の力さえあれば無敵だ！　そうすれば二つと言わず、ワシの叡智《えいち》の全てでお前の望む答えをだな！　い、いや。勿論《もちろん》それだけじゃない！　計画の成った暁には何でも欲しいものをヒイ！」

メシュラムの頭の上ギリギリを、再度黒刃が通り過ぎた。

「わ、分かった！　お前が……いや、貴方《あなた》が新しい魔王だ！　ワシは二番でいい！　な、それでいいだろう!?」

「もう一度言いますが、聞きたいことは二つです」

戻ってきた黒刃を背負うように持つと、ルモンは笑顔のままメシュラムの前に立って見下ろす。

「まず、一つ目。此処《ここ》に来る前に、妙なデザインの鎧を着た人を見かけました。率直に言いますと、その人が僕が此処《ここ》に来た理由なんですが……そうですね。鎧に刃をたくさんつけたみたいな、近寄って欲しくない感じの人です。その人について聞きたいんです」

「ふへ？」

「もう一つの質問ですが……貴方達《あなた》みたいな不良品じゃなくて、ちゃんとした連中は何処《どこ》ですか？　いないはずがないんですけど」

ルモンの投げかけた質問に、メシュラムは訳が分からない、といった顔をする。

その様子をしばらく見つめていたルモンは、明らさまにがっくりと肩を落とした。

「……そうですか。もういいです」

黒刃を振り下ろして、メシュラムを真っ二つにする。

汚い音を立てて転がったそれにはもう目もくれず、ルモンは溜息をつき――その場を思い切り飛びのいた。

次の瞬間、ルモンが今までいた場所を極太の熱線が貫く。

熱線の後には、何も残っていない。メシュラムの死体も、趣味の悪い玉座も何もかもだ。

「……ほう、今のを避けるとはね。驚きましたよ」

「そりゃあ、避けるでしょう。でないと、死んじゃうじゃないですか」

そう返すと、ルモンは熱線を放った主へ視線を向ける。

そこには、赤いローブを纏《まと》った何かが宙に浮いていた。

白い仮面を被って表情すらも窺《うかが》えないが、そのローブの中には闇が溜まり、男か女かも判別できない。まるで闇がローブを着ているかのような魔族の手には、巨大な魔石の嵌《はま》った金属杖があった。

「で、貴方《あなた》にも先程と同じ……いや、二番目の質問をしたいんですけど。貴方《あなた》と同じ連中があと数人いますよね？　全員の居場所を教えていただけますか？」

「知る必要があるのですか？」

ルモンは少しの沈黙の後、一瞬にすら満たない速度で黒刃を投擲《とうてき》する。

それは赤ローブの魔族の手前に展開された物理結界《アタックガード》に弾かれ、しかし地に落ちることなくルモンの手元へと戻っていった。

「……いいから答えてくださいよ。そうすれば、バラバラになるだけで済みますよ？」

「おやおや、それは怖い。けれど、それは無理というものですよ？」

そう答えると、赤ローブの魔族は杖をルモンに向けた。

「我が呼び掛けに応え……力よ、集え。揺るがせ、震わせ、空間へ満ちよ。あらゆるものは原初離れれば、全ての存在に意味はなし。故《ゆえ》に、その無常を我は再び世界に思い出させよう。此処《ここ》に、原初の怒りを再現しよう」

赤ローブの魔族の唱える詠唱の正体に気づき、ルモンは慌てて転移魔法を組み立て始めた。

細かい座標設定をする余裕はない。真っ先に思いついた適当な場所を大まかに設定し、ルモンは大急ぎで転移魔法を構築していく。

そして、ルモンの足元に転移魔法陣が展開したその瞬間に、赤ローブの魔族の魔法が完成した。

「あらゆるものよ、砕け散れ……空間破砕爆《ディメンションボム》」

破壊の嵐が吹き荒れる。

この日、メシュラム地下宮殿は完全に崩れ落ちた。

しかし事情を知らない者から見れば、それは単に古いダンジョンが崩壊したに過ぎない。

そのため、廃ダンジョンの危険性について論じる報告書が後日、西方軍本部にあげられるに留まったのだった。

18

暗い部屋の中に、転移光が集まる。不安定ながらも確かな輝きを持ったそれは、集まった後に消えていき、やがて青髪の青年の姿が現れた。

「ぐ……かはっ……うっ……」

言葉にならない呻《うめ》き声を垂れ流しながら、ルモンはよろよろと近くにあったベッドに倒れ込む。

何を指定したのか、何を基準にしたのか、まったく覚えていない。

ただ無我夢中で転移魔法を発動したが、此処《ここ》は何処《どこ》なのか。

「ぜえっ、はあっ……」

倒れこんだベッドには温かみと、硬いような柔らかいような、不思議な感触の何かがある。

その正体が何なのかは分からないが、ただ自分が生きていることにルモンは安堵した。

荒い息を吐くルモンの下で、何かが慌ただしく動く。

ベッドに倒れこんだルモンを弾き飛ばしかねない勢いで起き上がったそれは、ルモンを見て戸惑うような声をあげた。

「え……な……？　ル、ルルルルル、ルモン!?　お前、此処《ここ》は私の家……え？　何で？　え、でもそんな……いや、待て。え？」

その声に、ルモンは聞き覚えがあった。

ルモンの同僚であり、現在は東方軍ルルガルの森担当部隊の副隊長、フーリィの声だ。

つまり、此処《ここ》はフーリィの家ということなのだろうが……以前に此処《ここ》に来たことがあったのだろうか。もしかすると、無意識のうちに転移先としてフーリィのいる場所と指定したのかもしれないが、今のルモンには、それを確かめる術はない。

「だ、大体お前、こんないきなり……」

ベッドの上から動こうとしないルモンに触れようとして、フーリィはようやく落ち着いてきた心と、暗がりに慣れてきた目でルモンを見る。

そこで初めて、ルモンがボロボロで血塗れだということに気づいた。

「え……お、おいルモン!?　何だこれは！　誰にやられた!?」

回復の魔法を使おうにも、フーリィはその系統の魔法が得意ではない。だから、回復魔法を使える者を一刻も早く連れてくる必要がある。

「くそっ、しっかりしろ！　待っていろ……すぐに治せる奴を連れてくる！」

「ぐっ……ぁ……だ、大丈夫……」

「何が大丈夫なんだ！　いいから……」

ベッドから下りて転移魔法を使おうとするフーリィの腕を、ルモンはしっかりと掴《つか》んでいた。

「少し休めば……自分で治せる……から……それよりも、このことは……」

必死な目のルモンに、フーリィは葛藤しながらも頷く。

どうやら、自分が怪我をしたことを知られたくないらしい。それだけは、理解できた。

「……分かった。だが、手当てくらいはするぞ。それと、お前の容態によっては即座に腕のいい使い手を連れてくる。構わんな」

ルモンが小さく頷いたのを確認すると、フーリィは部屋の扉に向かった。

「薬を持ってくる。言っておくが、そのまま何処《どこ》かに行こうとするなよ」

「……分かって、る」

「だといいがな」

部屋を出て行くフーリィを見送ると、ルモンは体内の魔力を循環させるべく意識を集中させた。

そうして、自分の肉体を回復していく。

命属性の魔法だが、ルモンはある程度なら扱うことができた。

「……ぐっ……げほっ、杖魔の奴……閉鎖空間であんな魔法使うなんて」

ルモンは、先ほど会った赤いローブの魔族のことを思い返す。

ひょっとしたらとは思っていたが、どうやらルモンの悪い想像が当たってしまったようだ。

剣魔、そして杖魔。ひょっとすると、残りの二人もいるかもしれない。

「……いや、あいつは違うんだったな。あいつもきっと、僕と同じはずだ」

そう、ルモンの考えが正しいならば、あの剣魔も杖魔も、限りなく本物に近い偽物だ。

今のルモンがそうであるように、特殊型のアルヴァが死体に寄生し融合しているだけのモノのはず。

しかし、ルモンですら記憶の一部に欠落があるのだ。百年物の死体を使っているあの二人は、恐らくほとんどの記憶を失っているだろう。

そして、それだけではない。

あのメシュラムを見る限りでは、アルヴァとしての意識が消えてしまう可能性も高いようだ。

ルモンがアルヴァとしての自覚を持っていられるのは特殊な事情があるせいだが……どうにも、向こうは手当たり次第にアルヴァを融合させているような感じがある。

しかし、一方で剣魔のような特殊な存在もわざわざ探し出して融合を仕掛けているというのは、どういうことなのか。

「……確かに強いけど、人の手駒を欲しがるほど戦力には困ってなかったはずだけどな」

「何の話だ？」

かけられた声に、ルモンは思わず黙り込む。

まだ起き上がれるまでには回復していないが、もししていれば飛び上がっていたに違いない。

「何でも……ないですよ、フーリィさん」

「そうか？」

薬箱らしきものを手に持ったフーリィは、ベッドに倒れたままのルモンの服を手際よく脱がしていくと、水で塗らした布でルモンの身体を拭き始めた。

「……治り始めているな。なるほど、これなら確かに人を呼ばなくてもよさそうだが……」

そこで、フーリィは言葉を切る。

「一体何があったんだ？　お前ほどの者があれだけの怪我をするとは……」

その質問に、ルモンは答えない。

まだ傷が痛む風を装って呻《うめ》くルモンに、フーリィは小さく溜息をつく。ルモンには、自分にも話すつもりがないのだと悟った。

「……ルモン。私はな、今でも後悔してることがあるんだ」

「後悔？」

「ああ。あの時、お前を置いて逃げたことだ」

あの時——イクスラースの配下である黒騎士クロードをルモンが迎え撃った時のことだろう。

確かに、ルモンはその時のことを知っている。

「あの時、私はお前と一緒に戦うべきだったんじゃないか。今でも私は、そう考えることがある」

ルモンは、答えない。

たとえあの時フーリィがいたとしても、ルモンが敗北することに変わりはなかっただろう。フーリィが死ぬという結果が加わっただけだ。

そして、それをルモンは望まなかったから、逃げるように言った。ただそれだけの話である。

「けどな。私はあの時、本当は安堵していたんだ。あの死の匂いに満ちた場から逃げられたことに、心の底から安心していた」

ルモンの背中を拭いていた手が、ピタリと止まった。触れたままの手から、小さな震えがルモンに伝わってくる。

「……なあ、ルモン。本当はお前、それを分かっているんだろう？　情けない私を、怒っているんだろう？」

「フ、フーリィさん。落ち着いてください。僕は別にそんな……」

ようやく動くようになってきた体を起こして、ルモンはフーリィを落ち着かせようとした。

しかし、そこでようやくフーリィの顔を見たルモンは、気づく。

フーリィの目に溜まった涙と……今にも爆発しそうな、その感情に。

「……だったら……だったら、どうしてだ！」

起き上がったルモンに抱きついて、フーリィはベッドに倒れこんだ。

わあわあと子供のように泣きながら、フーリィは叫ぶ。

「あの日から、お前は変わった！　私にも他人行儀だし、それに……それに！」

ここにきて、ルモンは自分の失敗を悟った。欠損した記憶の内容に気づけなかったのだ。

自分が前と全く同じルモンであったなら、フーリィに変わったと言われることなどなかっただろう。

「……ごめん、フーリィさん。心配させたくなくて、言えなかった」

だからこそ、ルモンは一つの真実をフーリィに伝える。

「実はあの日から、僕の記憶には欠損がある。それに気づかれたくなくて、隠してたんだ」

「え……じゃあ、それって……」

「何を覚えてないのかも分からないんだ。だから、できるだけ僕らしく振る舞っているつもりなんだけど」

ルモンらしく振る舞いながら、ルモンは笑う。

フーリィの中にある疑念を解きほぐすような、できるだけ自然な笑顔。

弱々しいその笑顔を見て、フーリィはずっと抱いてきた違和感に自分なりの理由をつけた。

「……そ、うか」

「ごめんね」

「……いや、それなら……納得はいく」

何やらブツブツと呟き始めたフーリィから視線を外し、ルモンは自分の体を確認する。どうやら、立って歩ける程度までには回復しているようだ。

「……それじゃ、僕はそろそろ行くね。ありがとう、フーリィさん。汚しちゃった布団は……今度弁償するよ」

「いや、ちょっと待て」

フーリィは、立ち上がろうとしたルモンを押さえ付ける。

先程までの悲しそうな表情とは違い、今は使命感に満ちていた。

「お前の事情は分かった。それに……その、私に話してくれて嬉しい」

「う、うん？」

フーリィはルモンの両肩を掴《つか》んだまま、真剣な眼差しでルモンの目を見つめる。

「……もう一度聞くが、さっきの怪我については話せないんだな？」

「うん。ごめん」

「……そうか」

フーリィはそう言うと小さく溜息をついて、立ち上がった。

「この部屋は貸してやるから、少しくらい休んでいけ。どうせお前の血で汚れてるんだ、気にするな」

「うっ……ご、ごめん」

フーリィはクスリと笑って、ルモンの額をつつく。

「そうそう、そのくらいのほうがルモンらしい」

少しだけ上機嫌な様子で部屋を出て行くフーリィを見送りながら、ルモンは内心で小さく溜息をついた。

あのくらいで誤魔化されてくれてよかった……そう考え、ゴキリと肩を鳴らす。

確かに、記憶に欠損はある。それは真実だ。

隠していることもある。それも真実だ。

けれど、一つだけフーリィは誤解している。

むしろルモンは意図的に誤解させているし、今後もその誤解を解く気はない。

「……ごめんね、フーリィさん。君の知っているルモンは、もういないんだ」

小さな声で、ルモンはそうこぼした。

どうにかしなければならないことは山程ある。その中で、伝えられない真実もたくさんあるのだ。

「……観光計画が成功したからって浮かれてる場合じゃなさそうだよ、ヴェルムドール。どうやら、あの女王気取りのおばさんは何か企んでるみたいだからね」

ルモンはそう呟くと、深く息を吐く。

その視線は遠く先――魔王城のある方角を、見つめていた。

19

「……ん？」

魔王城の裏庭に佇《たたず》んでいたヴェルムドールは、ふと自分の腰にある剣に視線を落とした。

「どうなさいました？　魔王様」

「ん、いや……」

近くで剣を振っていたゴーディに問われ、ヴェルムドールは剣に軽く触れる。

今、何か剣が奇妙な反応を見せたような気がしたのだが……こうして見ても触っても、特におかしなところはない。

少し考えた後に、ヴェルムドールは何でもない、と答える。

「それにしても、こんな夜中に鍛錬とは……努力家だな、お前も」

「……何を仰いますか。魔王様とて、そのつもりだったのでしょう？」

ヴェルムドールの腰の剣を指し示しながら、ゴーディは笑った。

アークヴェルムの街は夜中でも騒がしいが、魔王城では一部を除いて眠りについている時刻だ。

ヴェルムドールが剣でも振ってみようかと思い裏庭に行ったところ、そこではゴーディが鍛錬をしていた。自分の剣の師でもあるゴーディの動きにそのまま見惚れていたら、何となく鍛錬を始めるタイミングを逃してしまったのだ。

「しかし、よろしいのですかな？　魔王様には明日の執務もおありでしょう。観光計画が本格始動してからというもの、仕事量も大幅に増えたと伺っておりますよ？」

「適切に処理している。それが夜中の鍛錬をしなくていい理由にはならんだろう」

ヴェルムドールが反論すると、ゴーディは肩を竦《すく》めてみせる。

「確かに。しかし、何より大事なのは御身の健康です。某《それがし》は魔王様のためにこの身体を砕き尽くすのが仕事であり宿命でもございますが、魔王様は違います。明日のために身体を休めることも大事ですぞ」

「……そんなことは分かっているから、イチカみたいなことを言わないでくれ。気が滅入る」

溜息をつくヴェルムドールに、ゴーディは口元を手で押さえながら噴き出す。

「ぷっ……はは！　そう仰いますな！　我等は皆、魔王様のことは我が身以上に案じておりますが、中でもイチカは一番の心配性なのですぞ？」

「……それも分かってる。だからこうして鍛錬しに来ているんだろう」

「ああ、なるほど。くくっ、しかし諦めたほうがよろしいですな。アレはたとえ魔王様がラクター並みの大男に自分を鍛え上げたところで、変わらぬと思います」

ゴーディの言葉に、ヴェルムドールは再度の溜息をついた。

迷惑なわけではない。助かっているし、頼りにもしている。

しかし、何と言えばいいのだろうか。

「自分が頼りなく思えているのなら、それは違いますぞ」

ゴーディは剣を鞘《さや》に収めて、ヴェルムドールに向き直る。

「むしろ魔王様を頼りにしていない魔族を探すほうが大変でしょうな」

「……しかし」

「魔王様。魔王様はこの国をお造りになった。魔族に秩序を与え、繁栄を与えた。それは他の魔族の誰にもできぬことです。貴方《あなた》はすでにこの国の支柱であり、象徴であり、欠かすことのできぬ方であらせられる」

黙りこんだヴェルムドールに、ゴーディは続ける。

「誰もが貴方《あなた》を頼りにしています。故《ゆえ》に、誰もが貴方《あなた》に頼りにされたいのです。その前提を間違えなさいますな」

その言葉を、ヴェルムドールは反芻《はんすう》する。確かにゴーディの言う通りだ。

「なるほどな」

しかし、と思う。

ヴェルムドールは笑みを浮かべた。

「ならば俺には、あらゆる面で頼りになる王であり続ける義務がある。それは武の面でも同様だ。鍛え上げ、たとえ勇者が攻めてきたとて正面から押し返すことができる実力を身につけるべきだろう。違うか？」

その言葉に、ゴーディはほうと感嘆の声を漏らした。その切り返しは予想していなかったのだ。しかし、ゴーディ個人としては実に好ましい言葉でもある。

「……違いませんな。しかし、昼の鍛錬では足りませんでしたかな？」

「万事に充分に足る妥協はあっても、完璧に足る充分はない。違うか？」

「なるほど。しかしそれを目指すとなれば、魔王様に休む暇はございませんな」

「望むところだ。もとより俺が目指しているのは、そうした場所だ」

ヴェルムドールの言葉に、ゴーディも薄い笑みを浮かべる。

「俺の鍛錬に付き合ってくれるか、ゴーディ」

「ええ、魔王様」

ヴェルムドールの差し出した手を、ゴーディが固く握る。

そしてその上から、イチカがそっと手を重ねた。

「ヴェルムドール様の素晴らしい心意気、感動いたしました」

「そ、そうか」

郵 便 は が き

1 5 0 8 7 0 1

料金受取人払郵便

渋谷局承認

7227

0 3 9

差出有効期間
平成 28 年 11 月
30 日まで

東京都渋谷区恵比寿4−20−3
恵比寿ガーデンプレイスタワー5F
恵比寿ガーデンプレイス郵便局
私書箱第5057号

株式会社アルファポリス
編集部 行

お名前	
ご住所 〒 TEL	

※ご記入頂いた個人情報は上記編集部からのお知らせ及びアンケートの集計目的以外には使用いたしません。

アルファポリス http://www.alphapolis.co.jp

ご愛読誠にありがとうございます。

読者カード

●ご購入作品名

●この本をどこでお知りになりましたか？

年齢　　歳　　　　性別　　男・女

ご職業　1.学生（大・高・中・小・その他）　2.会社員　3.公務員
4.教員　5.会社経営　6.自営業　7.主婦　8.その他（　　　）

●ご意見、ご感想などありましたら、是非お聞かせ下さい。

●ご感想を広告等、書籍のPRに使わせていただいてもよろしいですか？
※ご使用させて頂く場合は、文章を省略・編集させて頂くことがございます。
（実名で可・匿名で可・不可）

●ご協力ありがとうございました。今後の参考にさせていただきます。

油断していたとはいえ、イチカは自分とゴーディの感知を掻い潜って現れた。その事実にヴェルムドールは驚きつつも、かろうじて相槌《あいづち》を打つ。

「しかし、それとこれとは話が別でございます。その勇者が現れたときに疲れて全力が出せないなど、笑い話にもなりません。休むのも責務のうちだと、いつになったらご理解くださるのですか」

「いや、しかしだな」

「いいえ、聞きません。ヴェルムドール様の体調を万全にすることも私の仕事でございます」

頑として譲らないイチカを見て、ヴェルムドールは苦笑と共に溜息をつく。

「……そうか。なら今日は休むとしよう」

「はい、ヴェルムドール様」

「なら、俺は部屋に戻るよ。おやすみ、イチカ」

「おやすみなさいませ、ヴェルムドール様」

立ち去っていくヴェルムドールを見送っていたイチカは、その背中が見えなくなるのを確かめるとゴーディに振り向く。

「ところで、貴女《あなた》にも相談があります」

「何だ？」

「明日以降の魔王様の業務を調整し、鍛錬の時間が増えるようにしたいのです。中央軍に使える人材はいませんか？」

その言葉に、ゴーディは考えるように目を伏せ……やがて、首を横に振った。

「あえて言うならオルエルだろうが……あれは駄目だな。向いているとは思えない」

「そうですね。あれは責任感が皆無ですから。そうなると、ロクナですか……」

「……そうやってアイツに仕事を振るから、図書館から出て来られないのではないか……？」

「失礼な。ロクナは好きで図書館から出て来ないだけです。私が振る程度の仕事など、ロクナは瞬きの間に処理します」

ロクナが毎日忙しいのはヴェルムドールが頼んでいる研究関係の仕事のせいなのだが、わざわざイチカはそんなことは口にしない。

「……その鍛錬なのだがな」

「ええ、何か？」

聞き返すイチカに、ゴーディは悩むような顔をする。

「教えるのは本当に某《それがし》でいいのか？　魔王様の得意分野は魔法だろう？　いや、剣も扱えるようになったほうがよいというのは理解できる。しかしそうであれば、某《それがし》ではなくサンクリードのような正統派の魔法剣士の戦い方のほうがよいのではないか？」

ゴーディの剣は攻撃の剣というよりは、むしろ防御の剣だ。

それは、魔王たるヴェルムドールが覚えるには少々地味であるように感じる。もっと見栄えのする派手な剣術のほうがよいのではないか。

そう考えるゴーディに、イチカは否定の言葉を返す。

「魔王様が貴女《あなた》の剣を習得することを望んでいるのです。それは最大限尊重すべきでしょう」

「そうかもしれんが……」

「むしろ、私は合っていると思いますが」

ヴェルムドールは基本的には魔法使いだ。

そのヴェルムドールが覚えるべき剣とは、魔法を使うための相手の隙を作るものが相応《ふさわ》しい。

サンクリードのような剣を覚えて、剣撃を攻撃のカードに加えるのは、あまり良い手とは言えないだろう。

無論、ヴェルムドールがそれを望むというのであれば、イチカがありとあらゆる剣術を教え込むのにもやぶさかでないのだが。

「そういえば、ニノも鍛錬の時間になると羨ましそうにこっちを見ているな」

「自分も教えたいのでしょう。しかし、アレは双剣術ですからね」

「まあな。少々特殊に過ぎるし……何より、複雑だ。魔法を併用するには適さない」

ニノもその辺りを理解しているから乱入しないのだろうな、とゴーディは呟き、ふと、思い出してヴェルムドールの消えた方角を見る。

「……そういえば、魔王様が剣のことを気にしておられたな。何でもないと仰ってはいたが、何かしらの不都合があったのかもしれん」

ヴェルムドールのベイルブレイドは、マルグレッテの造った剣だ。

材料も製法も特殊なその剣は、他に類を見ない能力を備えた、色々な意味で特別なものである。

特殊と特別尽くしのベイルブレイドに何かあったとすれば、それをどうにかできるのは製作者のマルグレッテくらいのものだろう。

「……そう、ですか」

マルグレッテを呼ぶのは簡単だが、もし何か手を加える必要があるとすればマルグレッテの工房でしか不可能だ。魔王城には、そこまでの設備はない。

ならば、ヴェルムドールがマルグレッテのもとに出向く時間も作る必要がある。

「分かりました、ありがとうございます」

「……お前もちゃんと休めよ、イチカ」

「貴女《あなた》に言われたくはありませんよ、ゴーディ。ちゃんと休んでくださいね」

ゴーディにそう返すと、イチカは明日のヴェルムドールの業務を調整するべく動き出した。

20

ザダーク王国の北方は、常に氷雪に覆われている地域だ。

吹雪く日も多いこの極寒の地で暮らす者は、かつてはほとんどいなかった。この場所に適応した者、あるいは他で暮らすには少々不都合のある者、そして一部の物好きくらいだったのだ。

その北方の地に初めて鍛冶の火が点ったのは、もう百年以上前のこと。

世捨て人のような生活をしていた「氷結のアルテジオ」とマルグレッテが出会ったのも、この地である。

そして今——北方将である「光葬のアルテジオ」と「最初の鍛冶師マルグレッテ」を中心に、この北方の地には多くの魔族が住んでいる。

過酷な環境で、なかなか人が近寄りたがらないのは以前と同じだ。

しかし、現在ではザダーク王国内で流通する貨幣製造を行う重要拠点になっており、北方軍に所属する者は自分達がザダーク王国の貨幣経済の根本を支えているという強い自負を持っていた。

そんな北方の中でも、北方軍本部は最重要区域である。

存在を誇示する傾向のある他の本部と違い、北方軍本部はその場所を公にしていない。知るのは北方軍関係者、そして一定以上の地位の魔王軍関係者のみである。

貨幣製造を行っているからというのも、場所を公表しない理由の一つだが、それよりも大きな理由が北方軍本部の地下にある。

マルグレッテの工房。

未だにザダーク王国最高の鍛冶師であり続ける彼女に、鍛冶を依頼したがる者は多い。

過去にそれで色々と事件があったことでアルテジオは少々過保護になり、地下に彼女の工房を作ってしまったのだが、マルグレッテ自身は鍛冶の材料探しにあちこちに出かけており、気楽なものである。

そんなマルグレッテは現在、一本の剣の製作に没頭していた。

それは、西方将《せいほうしょう》サンクリード用の剣である。

無数の試作品をサンクリードに試してもらって判明したことだが、サンクリードが放出できる魔力の上限は異常に高い。元々魔族は魔力を扱う才能に関しては人類よりも上なのだが、その魔族の中でもずば抜けているのだ。

たとえばマルグレッテの夫でもあるアルテジオの愛剣、光葬剣アウラール。これに込めることのできる魔力の限界値は非常に高く、かなりの無茶をしてもビクともしない剣に仕上げたという自信がある。

しかし、それでもサンクリードの全力には耐えられないだろうとマルグレッテは予想している。

通常、サンクリードに用意するべき剣として考えられる方向性は二つ。一つ目は、サンクリードの全力に耐えられるくらいの剣。二つ目は、光葬剣アウラールやヴェルムドールの魔剣ベイルブレイドのような、魔力を特殊な能力に変換する剣である。

しかし、マルグレッテが目指しているのは、三つ目。この二つの性質を併せ持った剣だ。

幸いにも、イクスラース達から色々な材料や参考資料が手に入り、マルグレッテの製作意欲は最高潮であった。

可能ならば一ヶ月でも二ヶ月でも不眠不休で鍛冶に打ち込みたいのだが、アルテジオによってそれは禁止されている。

しかし、マルグレッテとしてはできるだけ早く自分の構想を形にしたいのである。

どうせ鍛冶作業に入れば不眠不休がある程度続くのだから、気持ちが熱を持っているうちに打ったほうがよい……というわけで、マルグレッテは夜中に鍛冶を始めようとした。

だが、そこをアルテジオに見つかり連行され、しっかり睡眠をとらされ、バランスのよい朝食まで食べさせられてしまった。おかげで今の体調はバッチリである。

「さて……っと。やるぞお！」

工房の扉を開けて叫んだマルグレッテは、中に入ろうとした足をピタリと止める。

北方軍関係者ならば誰もが知っていることだが、マルグレッテの工房は基本的に立ち入り禁止である。入っていいのはアルテジオと、同等以上の地位の者達だけだ。それでも、マルグレッテのいない時には工房に入らないよう、強くお願いしていた。

そのため、今この工房の中は無人のはず、なのだ。

マルグレッテは鍛冶師だから、気配を読むのが得意というわけではない。

しかし、鍛冶師として自分の工房のことくらいは把握している。その鍛冶師としての何かが、マルグレッテに違和感を伝えていた。

しかし……とマルグレッテは思う。

このマルグレッテの工房のある階は基本的に無人だが、此処《ここ》は北方軍本部だ。警備はこれ以上ないというくらいにしっかりしているし、時折此処《ここ》にも巡回員がくる。

それに、此処《ここ》に来るための階段にも警備の兵がいるのだ。彼等の目を誤魔化して、侵入できるはずがない。

転移魔法を使えば可能かもしれないが、このゴチャゴチャした工房内に勘で転移するなど自殺行為でしかない。

つまり、誰かが入り込むなどあり得ない。

「……」

考えた末、マルグレッテは工房の中へと足を踏み入れた。

薄暗い工房に照明の魔法を放ち、室内を照らす。

明るく照らされた工房の中には、やはり人の姿はない。

「……ふう、気のせいか」

ほっと胸をなでおろして、マルグレッテは気持ちを切り替える。

きっと、先ほどの違和感は気のせいだったのだろう。

そう考えて、マルグレッテは槌《つち》を手に取り——そこで、違和感の正体に気づいて振り返った。

素材を積んである場所に、鎧がある。

いや、鎧があること自体は珍しくない。たまにそういう拾い物をすることもある。

しかし、あれは違う。

あんな全身に刃を生やしたような鎧を拾ったことはない。

何より、あれを何処《どこ》かで見たことがある。

記憶を手繰り……マルグレッテは、その正体に思い至った。

マルグレッテは手に持った槌《つち》を素早く元の場所に戻し、別の槌《つち》を手に取る。

背丈よりも大きな無骨な槌《つち》を手にして、マルグレッテは慎重に鎧から距離をとった。

こんな場所にいるはずがない。

すでに死んでいるあれが、此処《ここ》に存在しているわけがない。

しかし、もしそうだとすれば。

工房の出入り口を目指しジリジリと下がるマルグレッテの視線の先で、その鎧がガチャリと動いた。

「……チッ、杖魔の野郎。何がいざという時は鎧のフリすりゃいい、だよ。バレバレじゃねえか」

「貴方《あなた》……」

「ん？　ああ、ククク。邪魔しているぞ」

急に口調を変えて気取り始めるソレを、マルグレッテは明確な敵意をもって睨《にら》む。

「剣魔……！　貴方《あなた》、生きてたの⁉」

「……あ？」

鎧――剣魔は、マルグレッテの言葉にピタリと動きを止める。

「何言ってん……いや、何を言っているのか分からんな。私とお前は初対面のはずだが？」

「初対面？」

「ああ、何故私の名前を知っているのかは知らんが……何処《どこ》かで会ったか？」

自分を完全に忘れている様子の剣魔を見て、マルグレッテの中に静かな怒りが沸く。

「……忘れたっていうの？」

「知らん」

「私を……マルグレッテを忘れたと？」

「しつこいな。お前など知らん」

それを聞いてマルグレッテは激昂しそうになったが、すぐに自分を抑え込んだ。

まあ、仕方がないかもしれない。マルグレッテと剣魔の間にあったことなど、剣魔にとっては日常茶飯事だったのだろうから。

かつての伝説の時代、当時から鍛冶師として有名だったマルグレッテを、前魔王グラムフィアの貢物にしようと襲ってきたことなど、欠片《かけら》も記憶にないのだろう。

覚えていないなら、それでもいい。それはもう、過去のことだ。

「……何しに来たの、貴方《あなた》」

「ふむ。知りたいか、娘よ」

気取った口調にイラッとするマルグレッテには気づかず、剣魔は手にしたものを掲げてみせる。

「それって……！　グラムフィアの角の欠片《かけら》!?　ちょっと、返しなさいよ！」

「駄目だ。さて、これにて目的は果たしたが……」

グラムフィアの角を鎧の中の空間に呑み込むと、剣魔はマルグレッテをジロリと睨《にら》んだ。

「この工房の主は、お前か」

「だったら、なんだって言うのよ」

「……ついでだが、手土産にいいかもしれん。ついてきてもらおうか」

その言葉に、マルグレッテの過去の記憶が重なる。

あの時も、剣魔は似たようなことを言ってマルグレッテを連れ去ろうとしたのだ。

あの時のマルグレッテは、無力だった。恐怖で叫ぶことすら忘れた、子供以下の存在だった。

「できると、思うの？」

だけど、今は違う。此処《ここ》はあの時暮らしていた洞窟ではない。

そしてマルグレッテも、あの時とは違うのだ。

手にした大槌《おおつち》で床を叩き、マルグレッテは剣魔を正面から睨《にら》み付ける。

「助けを期待してるなら、無駄だぞ。此処《ここ》には消音結界とかいうものを張っているからな。どれだけ叫んでも、お前の声は届かない」

「あら、そう」

脅しにも似た剣魔の言葉に、マルグレッテはニヤリと笑って返す。

「貴方《あなた》の断末魔をあーちゃんに聞かせてあげられないってことね、それ。残念だなあ」

手に持った槌《つち》を振りかぶる体勢に構え、マルグレッテは宣言する。

「昔はよくもやってくれたわね。今度は、私が貴方《あなた》を泣かす番よ」

21

何故、死んだと言われている剣魔がこんな場所にいるのか。

偽者かもしれない。それにしては気取って賢く見せようとする馬鹿げたクセまでもが本物と同じだが、だからと言って本人だという証拠にはならない。

しかし、本物であろうと偽者であろうと、マルグレッテには関係ない。

剣魔の姿で、マルグレッテの前に現れた。

ボコボコにする理由は、それだけで充分すぎるのだ。

「泣かす？　お前が、私をか？」

「そうだよ、剣魔。ていうか、何その気取った態度。似合ってないよバーカ、バーカ。他の奴にサポートしてもらわないと何もできないマジバカのくせに、何カッコつけてるの？」

挑発しながら、マルグレッテは剣魔の隙を窺《うかが》う。

通常であれば挑発は下策だが、剣魔に対しては別だ。

魔王シュクロウスの直属の部下、四魔将。

勇者伝説によれば剣魔、杖魔、弓魔、槍魔と呼ばれた四人の中で、一番馬鹿なのが剣魔だった。すぐ暴走し、他の三人のサポートがなければ、まともな行動ができないとまで言われている。

剣魔と杖魔は勇者達との戦いの中でシュクロウスを見限り、グラムフィアに取り入ったのだが、杖魔はその知恵と高い思考能力から、勇者達が暗黒大陸に攻めこんだ時にはグラムフィアの参謀の地位を獲得していたという。

もっとも、この剣魔と杖魔の動きを暗黒大陸の魔族達が知ったのは、つい最近の話なのだが。

ともかく、マルグレッテが実際に会ったことがあるのは剣魔だけだった。

挑発されるとすぐに反応して集中が途切れる。昔は、そうだった。

「……あ？」

剣魔の鎧の中の闇が苛立《いらだ》たしげに揺らめき、闇が鎧の外に溢れ始める。

「たかが人類のクソチビが……お前に俺の何が分かるってんだ！　お前なんざ、速攻で挽肉にでき っ！」

叫ぶ剣魔の顔面に、マルグレッテの大槌《おおつち》が炸裂した。

高く積まれた素材の中に無様に倒れ込む剣魔に、マルグレッテは続けて大槌《おおつち》による乱打を叩き込む。

そこに、一切の容赦《ようしゃ》も遠慮も存在しない。

何処《どこ》といわず、とにかく目に付いた場所全てに槌《つち》を叩き込んでいった。

「ぐっ、がっ！　てめ、この卑怯者……！」

「こそ泥が卑怯とか語るなアホ！」

剣魔はマルグレッテの大槌《おおつち》の乱打から転がって脱出すると、両手の剣を振り上げた。

マルグレッテはそれを大槌《おおつち》で防ごうと構え……剣魔はそれを見て嘲笑《あざわら》う。

「ハッ、俺の剣がそんなもんで防げるかよぉ！」

大槌《おおつち》ごとマルグレッテを斬ろうと、剣魔は剣を振るった。

先ほどマルグレッテを連れて行こうと考えていたことは、完全に頭から消えている。

剣魔は、大槌《おおつち》ごとマルグレッテの首を斬り飛ばせる最高の角度で剣を叩き込み——しかし、ギイ ンという甲高い音と共に剣魔の一撃は弾き返された。

疑問に思いつつも、剣魔はもう片方の手に持った剣を続けて振り下ろす。

それは剣魔という名に相応《ふさわ》しい、ほぼ時間差のない連撃であった。

しかし、それも虚しく大槌《おおつち》に弾かれる。

もう一撃、剣を叩き込もうとしたその隙を突かれ、マルグレッテの大槌《おおつち》が掬《すく》い上げるように襲いかかってきた。

「……ちいっ！」

剣魔は後ろに飛び退いてそれを回避すると、怒りに狂っていた頭をクールダウンさせる。

「……オイ。なんだ、その槌《つち》は。俺の剣を防ぐなんざ、普通じゃねえぞ」

「普通じゃない？　当然だよ」

マルグレッテは大槌《おおつち》を構え直し、剣魔との距離をとった。

そう、この大槌《おおつち》は普通の金属槌ではない。ヴェルムドールの剣を、そしてサンクリードの剣を鍛えるための特別な槌《つち》なのだ。

これは、マルグレッテ専用の武器にして鍛冶道具。

ありとあらゆるものを素材とし、一切の妥協なく、一つの芸術品に鍛え上げるための槌《つち》だ。

「これは最強の剣を鍛えるための私の槌《つち》……剛槌《ごうつい》エルトエラト。そんな鈍《なま》ら相手にイカレる程、柔《やわ》なわけがないじゃない」

確かな自信をもって相対するマルグレッテを、剣魔は静かに見つめる。

「鈍《なま》ら」と言われたことに再び激昂しそうになったが、剣魔の中の何かがその感情を押し止《とど》めた。

——その通りだ。鈍《なまく》らだから、あの人間に負けたのだ。

何かが、そう叫ぶ。

だが、剣魔には分からない。

負けた？　自分は誰に負けたというのだ。自分は、負けたことなどない。

そう考えながらも、沸き起こる焦燥《しょうそう》感が剣魔を苛《さいな》む。

このままでは、また負ける。

また……死ぬ。

「……ありえねえ」

ぼそりと、剣魔は呟く。

両手に握っていた剣は、いつの間にか取り落としてしまっていた。

目の前に迫る大槌《おおつち》をただぼうっと眺め、すい、と最小限の動きで大槌《おおつち》をかわし、マルグレッテの眼前に潜り込む。

「なっ⁉」

今までとは違う洗練された剣魔の動きに驚愕《きょうがく》するマルグレッテ。剣魔はその頭を掴《つか》むと、そのままマルグレッテを壁に放り投げた。

壁に打ち付けられ衝撃に呻《うめ》くマルグレッテが地面に落ちる前に、剣魔は距離を詰め、彼女の身体に拳を叩き込む。

「かっ……ひゅっ……」

ずるずると床に崩れ落ちるマルグレッテを、剣魔は静かに見下ろす。

「ありえねえ。わからねえ。だが、なんだこりゃ。俺の中の何かが、お前の正しさを認めてやがる」

剣魔はぐりぐりとマルグレッテを踏みにじる。

「なあ、おい。お前、俺を知ってるみたいなこと言ってやがったよな」

「うっ……あっ」

痛みに呻《うめ》くマルグレッテを見下ろしながら、剣魔はふと言葉を切る。

「……いや、そんなことはどうでもいいわな」

言いながら、剣魔はマルグレッテの工房の中を見回した。そこに並んだ数々の武具を見て、頷く。

「なあ、おい。お前、鍛冶師なんだよな？」

「……だったら、何だって言うの」

「思ったんだがよ。武器を鍛え直すってぇのがあるよな」

「貴方《あなた》の場合だったら、鋳潰《いつぶ》して新しいの造ったほうが速いと思うけど？」

「クハッ、そりゃ面白ぇや」

マルグレッテを強めに踏みつけると、剣魔は楽しそうに笑う。

「決めた。俺は俺のために、お前を持って帰るぜ。俺が鈍《なまく》らだっつーんなら、鍛え直せばいい。お前にはその腕がある。なあ、いい考えだろオイ」

何を言っているのか、マルグレッテには理解できない。

この剣魔とかいう魔族は、見る限りだと魔操鎧《まそうよろい》と同類だ。だから自分を鍛え直せると考えているのだろうか。

剣魔の考えなど分からないが、マルグレッテは手元に転がっている小さな槌《つち》を掴《つか》んだ。

「お断り……だねっ！」

思い切り剣魔の顔面に向けて投げつけると、予想通りに剣魔は避けようとして体勢を崩した。

自分を踏みつける力が弱まったその隙に、マルグレッテは剣魔を撥ね飛ばすように足元から逃げ出し大槌《おおつち》を拾う。

そんなマルグレッテを呆れたような様子で見ると、剣魔は肩を竦《すく》めてみせた。

「おいおい、まさかまだ勝てると思ってんじゃねえだろうな。大人しく諦めろや。殺しゃしねえからよ。な？　できれば五体満足でいて欲しいんだよ。まあ、最悪足は動かなくても何とかなるのかもしれねえけどよ。ほら、万が一があったら困るだろ？　治せるかどうかもわかんねえしよ」

「ふん、だ。さっきの攻撃が二度通じるとは思わないでよ」

言いながら、マルグレッテは油断なく大槌《おおつち》を構える。

分かってはいたことだが、剣魔は強い。奴に油断と慢心がなければ、今のマルグレッテでも制圧されてしまうだろう。それは、予想していたことの一つでもある。

しかし、逃げるという選択肢はなかった。それは一番の下策だ。背を向けた瞬間に、マルグレッテは敗北するに違いない。

そんな状況だからこそ、マルグレッテには考えがあった。

それはすなわち、時間を稼ぐこと。此処《ここ》に巡回がくるまで持ちこたえれば、それで全ては逆転する。いくら剣魔とはいえ、北方軍の精鋭達を相手に簡単に勝てるとは思えない。

それに……この北方軍本部には、アルテジオもいる。

アルテジオさえ来れば、勝てる。

マルグレッテの感覚が正しければ、巡回の時間まではもうすぐだ。

「……ハン、時間を稼ぎたいですって面《つら》してやがる」

しかし、剣魔は即座にマルグレッテの考えを看破した。

「まあ、音は聞こえねえったって、見回りくらいは来るよな。それを狙ってやがるんだろ？」

剣魔はマルグレッテに背を向けると、自分の落とした剣を拾うために歩き出した。

それは攻撃にも逃亡にも最適なタイミングに思えるが、違う。

そこに一切の隙が存在しないことは、相対するマルグレッテ自身が痛いほど分かっていた。

やがて剣魔は剣を拾うと、再び振り返る。

「諦めろや。俺にだって転移魔法は使えるんだ。今すぐここから連れ出すことなんざ、簡単だぜ？」

余裕すら見せ、剣魔はジリジリと下がるマルグレッテに向かって歩いてくる。

「お、なるほど。俺に隙を見せないようにしながら逃亡する……か？　ハハハ、できるわけねえだろ。それによう、俺は俺を前にして逃げる奴が大嫌いなんだ。だからやめとけよ。流石《さすが》に殺しちまったら治せねえだろ？」

マルグレッテの目の前まで、剣魔が近づく。

「だからよ、諦めろ。な？」

優しげに、しかし有無を言わせぬ威圧感でもって迫る剣魔。

しかし、その姿が突如視界から消えた。

いや、違う。一瞬にして、剣魔がマルグレッテの前から飛び退いたのだ。

そしてマルグレッテも、気づく。

マルグレッテの背後、工房の入り口に、恐るべき気配が出現していることに。

全身のあらゆるものが生を放棄しそうなその気配に、マルグレッテは覚えがある。

そして――振り返った先には、その男が立っていた。

「前々からな、会う機会があればブン殴ってやりたいと考えてた奴が、数人いる」

男は、嬉しさを隠し切れないといった顔で笑う。

「くふっ……ははは……会えるはずがないと諦めていたんだがな」

男の手に煌《きらめ》くのは、黒い輝きを放つ一本の剣。

ザダーク王国の国王にして、魔族を統べる魔王。

「会えて嬉しいぞ……剣魔」

赤眼を輝かせた魔王ヴェルムドールが、そこに立っていた。

22

それを前にして剣魔が飛び退いたのは、ほとんど本能によるものだった。

防衛本能、あるいは生存本能。死から逃れようと働くあらゆる感覚が、剣魔をそうさせたのだ。

自分がそうしたものに突き動かされたことは、剣魔にとって屈辱以外の何物でもない。

いつもならば激昂しているはずの剣魔はしかし、意外にも自分が冷静であることを感じていた。

だが、それも当然だった。激昂など、できるはずもない。

剣魔の本能は、未だに警告を発し続けているのだ。

此処《ここ》から逃げたほうがいい、いや、逃げなければならない、と。

しかし剣魔が行動しないが故《ゆえ》に、その他の生き残る方法を探すため、頭が必死に動いているだけだった。

「……俺とお前も、初対面のはずだがな」

「そうだな。だが、俺はお前を知っているぞ」

ようやく絞り出した剣魔の言葉を、ヴェルムドールはあっさりと肯定する。

それを聞いて、剣魔はまたか……と思う。

あの女もそうだったが、自分の知らない奴が自分のことを知っている。それがどうにも気持ち悪い。

「……ん？」

そういえば、と剣魔は先程まで近くにいたはずのマルグレッテを探す。

しかし、その姿はすでに近くになく、ヴェルムドールの背後——工房の入り口近くに立つ銀髪の男の腕の中に抱えられていた。

何時の間に、などと言う暇はなかった。

ヴェルムドールが、コツンという足音を立てて歩き出したからだ。

「もしも、という言葉がある」

コツン。

静かに、一歩ずつ進む。

「たとえば、何かの物語……主人公のピンチや苦難の場面に、『もしも自分がその場にいたら』と夢想することがあるという。もしも自分がいたら手を差し伸べられるのに、ということだ」

コツン。

ヴェルムドールの手には、黒い輝きを放つ剣がある。

「だが、それは意味のない行為でもある。それによって救えるのは想像上の主人公達であって、実際の主人公達ではないわけだからな」

「……何の話を、してやがる」

コツン。

剣魔の前に、ヴェルムドールが迫ってくる。

逃げようと思えば逃げられるはずの、緩慢な動き。

しかし、逃げられない。ヴェルムドールの赤い瞳の輝きが、剣魔をその場に縫いつけているかのようだった。

「今からする行為の無意味さを説明している。此処《ここ》でお前を殴ったところで、過去のあの出来事が清算されるわけでも、過去のアイツが救われるわけでもない」

ヴェルムドールが、剣魔の前に立つ。

「まあ、この場で好き勝手やってくれたようだしな。断罪する理由としては充分すぎるんだが……そこに俺の私怨が大分上乗せされる。だから……お前は此処《ここ》で死ね」

「う、おおおおおっ！」

金縛りから解き放たれたかのように、剣魔が怒涛の連撃をヴェルムドールへ繰り出した。

此処《ここ》で殺さなければ、殺される。

あまりにもシンプルな理由に基づくそれは、一切の慢心を捨てた最高の攻撃だった。

視認不可能な速度の連撃は全て目の前のヴェルムドールへと叩き込まれ、それでも足りぬとばかりに剣魔は乱舞のごとく剣を振るっていく。

しかし、同時に気づいてもいた。

自身最高のはずのその攻撃は、全てヴェルムドールの手前に展開された物理障壁《アタックガード》に弾かれている。

「ぐ……ぬ……があああああああああ!!」

咆哮《ほうこう》する。

連撃を止めた一瞬で、剣魔は身体から無数の刃を射出した。

しかしそれすらも、ヴェルムドールの物理障壁《アタックガード》に虚しく砕かれる。

「ち、ちくしょう！　ちくしょう！　何なんだお前！　俺は剣魔だ！　栄えある四魔将最強の剣魔様だぞ！　こんな……こんな障壁一枚がどうして……！」

「ああ、自己紹介してなかったか？」

剣魔の叫びを涼しい顔で聞き流しながら、ヴェルムドールは答える。

「俺はヴェルムドール。魔族最強の魔王様だ。こんな障壁一枚を貫けない理由……理解したか」

その言葉が剣魔に届いた瞬間、ヴェルムドールの手のひらが剣魔へと向けられた。

その手に、膨大な魔力が集う。

「まあ、アイツの記憶に微《かす》かに残ったものから再現してみただけなんだがな。魔力砲……とかいうらしいぞ？」

「な……あ……」

そんなものは、剣魔の記憶にはない。

しかし、剣魔の中の何かが恐怖で叫ぶ。

「う……ああああああっ!?」

剣をあらぬ場所へと放り、剣魔は何かの魔法を発動させようとした。

しかし、その次の瞬間――

ゴウ、という音とともに、剣魔は破壊の空間の中に呑み込まれた。

それは、魔法とも呼べないような、単純に魔力を破壊力に変換させただけの荒々しい技。

しかし確かな破壊力をもったそれは、剣魔をバラバラに砕いていく。

剣魔の背後にあったものすら呑み込んで消し去り、そのまま地下の空間に巨大な穴を空けた。

破壊の吹き荒れた跡には、何も残っていない。

「……」

破壊痕を眺めながら、ヴェルムドールはいつか見た過去の光景を思う。

色々と複雑な思いはある。

かつて勇者リューヤとともに魔王討伐を志し、道半ばで剣魔の襲来によって命を落とした少女リア。彼女が転生したのが、今のイチカだ。

極論を言えば、剣魔がリアを殺さなければヴェルムドールがイチカと会うことはなかった……かもしれない。そう考えると、ヴェルムドール自身は剣魔に何の恨みもないはずなのだが。

「感情とは、難しいものだな。理屈ではないということか」

ふう、と小さく溜息をつき、ヴェルムドールは破壊痕に背を向ける。

すると、そこにはプルプルと小刻みに震えるマルグレッテと、その身体を優しく抱え上げているアルテジオの姿があった。

マルグレッテが震えているのも当然だ。

安全なはずの工房内に剣魔がどうやって侵入したかは調べる必要があるが、それは後でもできる。

まずはマルグレッテを落ち着かせることが先決だろうと考え、ヴェルムドールは口を開こうとした……のだが。

「わ……私の工房があぁぁあー！」

悲痛なその叫びに、ヴェルムドールは再度破壊痕を振り返った。

……なるほど、工房がヴェルムドールの立つ場所から奥まで綺麗に消し飛んでいる。

魔力砲の範囲外にあったものは無事だが、それが全体のどの程度なのか、ヴェルムドールには分からない。

「落ち着きなさい、マルグレッテ。仕方がないでしょう」

「分かってる！　分かってるよう！　うわーん！」

マルグレッテは、宥《なだ》めるアルテジオの腕の中で手足をバタバタとさせた。

それからそっと目を逸らしながら、ヴェルムドールは考える。

……実は、剣魔を倒すだけなら他にも手はあった。

工房を全壊させないようにできるだけ穏便な手を選ぼうとは思いつつも、魔力砲という「ちょっと被害の出る」手段をあえて選んだことは確かだ。

処刑方法としては一番適切だと思ったのだが……もうちょっと考えれば、他にも色々とあったかもしれない。

たとえばベイルブレイドで滅多斬りにする方法だってあっただろう。今回は魔法発動の媒体としてベイルブレイドを使ったが、剣として振るえば工房は壊れなかったに違いない。

「……ううっ。ぐすっ。魔王様、助けてくださってありがとうございます」

「ん……ああ。気にするな。当然のことだ」

考えてみれば、工房に飛び込もうとしたアルテジオに任せたままのほうが被害は抑えられたかもしれない……などと思いつつ、ヴェルムドールは目を逸らしたまま頷いた。

「私からもお礼を言わせてください、魔王様。魔王様があのタイミングでいらっしゃらなかったら、私はマルグレッテの危機に間に合うか分からなかった」

「ん、んん……いや、気にするな。俺が今回来たのは……」

そこまで言ってヴェルムドールは不意に思い出し、剣に視線を向ける。

今回此処《ここ》に来たのは、先日ベイルブレイドが妙な反応を見せた気がしたためだった。

「まあ、その話はまた後日だな……ひとまずアルテジオ、お前の執務室に行こう」

「はい、魔王様」

アルテジオが工房の入り口にいた北方軍の兵士達に何事かを命令する。

そしてヴェルムドールとアルテジオ、そして抱えられたままのマルグレッテは転移して消えていった。


ヴェルムドール達と入れ替わるように、工房の中に何かが現れる。

それは、赤いローブを纏《まと》い、白い仮面を被り、手に金属杖を持った何者かだった。

そのローブの魔族は、入り口にいる北方軍の兵士達に気づかれることもなく工房の片隅へと歩いていき、そこで一本の剣を拾い上げる。先程、剣魔が投げ捨てた剣だ。

「……ふむ。貴方《あなた》にしては頭を使いましたね。それとも本能でしょうか？」

そう呟くと、ローブの魔族はその内部の闇に剣を放り込んだ。

そして、魔力砲の破壊痕の中から小さな欠片《かけら》を一つ掘り出す。

「おお、よかった。これがなければ全く意味がなくなるところでしたよ」

それは、剣魔が呑み込んだグラムフィアの角の欠片《かけら》だった。

ローブの魔族は角の欠片《かけら》も闇の中へと放り込み、満足そうに頷く。

「他にも面白そうなものは色々ありますが……あまり欲張っては剣魔の二の舞ですしね」

そう言うと、ローブの魔族は工房の隅から何かの黒い欠片《かけら》を一つ掴《つか》み取る。

「これだけいただいていくとしましょうか」

黒い欠片《かけら》も闇の中に放り込み、ローブの魔族は工房から姿を消した。

僅《わず》かに輝いた転移光に、北方軍の兵士は誰も気づかない。

そのローブの魔族が消えた直後、極めて静かだった工房の中に、北方軍の兵士達が何事かを話す声が微《かす》かに届き始めた。それは、剣魔の語っていた消音結界というものが解除された証なのだが、そのことに気づく者も、この場にはいなかった。

23

「グラムフィアの角？」

アルテジオの執務室で一息ついていたヴェルムドールは、その単語に眉をひそめる。

グラムフィアの角といえば確か、ベイルブレイドの素材にも使われているものだ。

「アイツ、そんなものを欲しがって此処《ここ》に来たのか？」

「はい、そう言ってました」

アルテジオの膝《ひざ》にちょこんと座ったまま、マルグレッテは頷いた。

前魔王グラムフィアの角は、歴史的には価値があるかもしれないが、手に入れたところで処置に困るというのが一般的な魔族の感覚である。

「まさか、魔王様の剣と似たようなものを造ろうとしている者がいるのでは……」

「俺の剣と……なあ。マルグレッテみたいな鍛冶師が二人もいるとは考えたくないが。もう一つ問題なのは、あの剣魔だ」

言いながら、ヴェルムドールは考える。

勇者伝説によれば、剣魔はこの暗黒大陸で倒されたと言われている。

しかし先ほど工房にいたのだから、実は生きていたということなのだろう。

問題は、その剣魔の狙いだ。

グラムフィアの角など、どうしようというのか。

勇者伝説を読む限りでは、剣魔は杖魔と呼ばれる魔族と共にシュクロウスを見限り、グラムフィアに取り入ったような魔族だ。魔族としての忠誠心が高いとはいえず、グラムフィアの遺品を欲しがるとも思えない。

ならば、何故。

「……アルテジオ、マルグレッテ。グラムフィアの角の、素材以外の使い道を思いつくか？」

ヴェルムドールの問いに、まずはアルテジオが首を横に振る。

「いいえ、グラムフィア様の角は確かに相応の魔力を秘めてはいますが……それとて、加工された魔石を超えるかと言われれば疑問があります。そもそも、魔族にとっては過去を象徴する品という意味しかなく、それほど手に入れる必要性がありません」

続けて、マルグレッテもアルテジオ同様に首を横に振る。

「うーん……私が魔王様の剣に角を混ぜたのは、単純に魔王様の力との親和性を考慮したからです。結果的に、それが剣に魔属性の能力を発現させるきっかけになったのは事実ですが……けど、逆に言えばそれ以外の利用法を思いつきません。良くも悪くも、あれは素材としてクセが強すぎますし」

二人の意見を聞いて、ヴェルムドールは頷く。

考えられる可能性としては素材だが、それでも多少難がある。

いや、魔属性を扱えるようになるだけで、充分にメリットと言えるだろうか。

「マルグレッテ。あの魔属性の能力は、グラムフィアの角だけで発現できるか？」

「難しいと思います」

問われて、マルグレッテは即座に否定する。

「ぶっちゃけた話で言いますと、魔王様の剣の能力は偶然の産物です。同じ素材で同じものを作る自信は、私にはないです」

「そうなのか？」

「はい。同じ材料で同じ作り方をしても、たぶん同じモノにはなりません。鍛冶師としては言いたくない言葉ですが、きっと奇跡的な確率でできたんだと思います」

それを聞いてヴェルムドールの脳裏に魔神と呼ばれる黒い少女のことが浮かび……すぐに否定する。流石《さすが》にそこまで手を貸してくれることはないだろう。

「……そうか。すると、奴の狙いは何処《どこ》にあったんだろうな」

腕を組み考え始めたヴェルムドールに、マルグレッテは躊躇《ためら》いがちに口を開く。

「あの、魔王様」

「なんだ？」

「その……グラムフィア復活……という可能性についてはどうでしょう？」

「復活？」

怪訝そうな顔のヴェルムドールに、マルグレッテは頷く。

「は、はい。えっとですね、つまり角を使って復活の儀式とか、そういう……」

なるほど、確かに人類領域に伝わる英雄譚にはそういう話もある。倒したはずの邪悪な存在が儀式によって復活するという物語だ。

もしそういうことが可能なのであれば、それは非常に恐ろしいことである。

しかし、それが不可能であることは、ヴェルムドールが一番よく知っている。

「……そうだな、たとえばの話だ」

「はい」

「たとえば、アルテジオが何らかの理由で死んだとして……」

「あーちゃんは死にませムガ！」

「だから、たとえばだ」

アルテジオに口を押さえられてムガムガ言っているマルグレッテが落ち着くのを待つと、ヴェルムドールは話を続ける。

「俺は、アルテジオの蘇生などできん」

「え？」

「これは別にアルテジオに限らん。復活など無理だ。命というものは、そう簡単なものではない」

そもそも命——魂というものは、命の種を中心にしたものである。

あらゆる経験や知識の詰まった魂は、死後に命の種へと戻る。その際、そこに蓄積された経験などの情報は全てリセットされるようにできているのだ。

無垢《むく》な状態に戻った命の種は、再び世界に蒔《ま》かれる時を待つ。

それが全ての生命の定めだ。

イチカやイクスラースの例は、あくまでイレギュラーである。

ヴェルムドールとて、死ねば恐らく無に還るだろう。

そこに誰が言い出したのか知らないが、復活などという概念を持ってくるから妙なことになる。

たとえばアルテジオが死んで、その肉体を何らかの手段で完全に修復したとしても、それは完全な状態の死体に過ぎない。

そのアルテジオにヴェルムドールの力で命の種を無理矢理植え込み、アルテジオの情報を全て書き込んだとしても、それはアルテジオに限りなく近い別人である。

命とは、そういうものなのだ。

「……ん？」

そこで、ヴェルムドールは先程の剣魔との会話のおかしな点に気づく。

剣魔は「俺とお前も初対面」と言っていた。

「……マルグレッテ。お前もしかして、あの剣魔のことを知っているのか？」

「え？　はい。昔の話ですけど、剣魔に攫《さら》われかけたことがあるんです。その時は、あーちゃんに助けてもらって……でも、アイツはそのことは忘れてたみたいです」

「……そう、か」

つまり、剣魔はアルテジオとも面識があったはずだ。いや、むしろアルテジオに撃退されたというならば因縁もあるだろう。

しかし、まったくアルテジオに反応した様子はなかった。

単純に剣魔が忘れっぽい性格だというならいいが、果たしてそう簡単な話だろうか。

「……魔王様？」

不思議そうな顔をするマルグレッテに曖昧《あいまい》に頷きながら、ヴェルムドールは考える。

「復活」というのも、完全な本人でなくてもよいという前提でなら、あり得ない話ではない。本人に似た別物でいいならば用意できる。

「グラムフィアの角……か」

もしグラムフィアに似た物を用意するとしたら、その目的は何だろうか。

たとえば、暗黒大陸の混乱。

そういえば、真なる闇《エル・ダクネス》とかいう組織の噂も報告されていた。噂は噂でしかなく、特に影響もないと思って放置していたが、本格的に調査する必要があるかもしれない。

「……アルテジオ、一つ聞きたいことがある」

「はい、なんなりと」

「旧魔王軍について、一番詳しい奴はいるか」

その言葉に、アルテジオは考え込む。

旧魔王軍は、今の魔王軍とは大分異なる組織だった。前魔王グラムフィアの城にいる魔族がすなわち魔王軍であったが、グラムフィアがおかしくなり始めてからは距離を置いた者も多い。

それに、旧魔王軍に所属していた者は、前回の対勇者戦争でほとんど死んでいる。

アルテジオ自身は最初からグラムフィアとは距離をとっていたし、一匹狼だったファイネルも似たようなもので、旧魔王軍の内情など知らないだろう。

「可能性があるとすれば……ラクターでしょうか。しかし、ラクターが旧魔王軍に所属していたという話は聞いたことがありません、が……」

とはいえ、当時、相当の暴れん坊だったラクターであれば魔王軍にケンカを売っていてもおかしくない。そのせいで、多少なりとも何かを知っている可能性は高かった。

「そうか……ラクターか」

普段から難しい話に突入すると面倒臭がるラクターだが、実は魔族の中でも一、二を争うほどの物知りである。そうとは思えないような言動をしているが、いざという時にラクターの知識に頼る場面は多い。

「しかし、魔王様。何故旧魔王軍のことを？」

「……可能性の話だ。それを前提で聞け」

ヴェルムドールは小さく溜息をつくと、アルテジオに自分の考えを語り始める。

「旧魔王軍を再生して何かに利用しようとしている奴がいるかもしれん。もし、この予想が当たっていた場合……非常に厄介なことになる」

故《ゆえ》に、対策が必要だとヴェルムドールは語る。

「これもフィリアの仕業なのか……？　だとすると、余計なことをしてくれるものだ」

旧魔王軍——今では勇者伝説を飾るだけの、過去の存在。

ただ、それだけであればよかったものを。

静かな怒りを滲《にじ》ませるヴェルムドールの呟きを、アルテジオとマルグレッテは、無言で聞いていた。

24

「はーん、それで俺を呼んだわけか」

ヴェルムドールの執務室のソファーに座りながら茶菓子をボリボリと齧《かじ》っていたラクターは、実に面倒臭そうに呟いた。

「まあな」

「しかし、剣魔か。魔王様は俺に懐かしい名前を持ってくるのが好きだな」

「そういうわけでもないんだが、な……」

言いながら、ヴェルムドールは近くに控えているイチカをチラリと見る。

剣魔の名前を出した途端に現れたのだが、別にイチカの前でできない話題というわけでもない。

「で、魔王様。剣魔の野郎はキッチリぶっ殺したのか？」

「全身、くまなく消し飛ばしたはずだがな」

ラクターは空《から》になった皿をイチカへと差し出すも、舌打ちされて仕方なさそうに机の上に戻す。

「なるほどねえ。そんじゃ、生きてるかもしれねえな」

「どういう意味だ？」

「簡単な話だよ。剣魔と……あと杖魔ってのがいたんだがな。あいつ等、ブレスで消し飛ばしても後日歩いてるのを見たことがあってよ。面白ぇから見かける度に消し飛ばしてみたんだが、次の日には元に戻ってやがった」

「何してんだ、お前は……」

いいじゃねえかと豪快に笑うラクターに、ヴェルムドールは額を押さえて溜息をつく。

「……まさか、今でも似たようなことやってないだろうな」

「やってねえよ。まあ、とにかくそのくらいタフ……ってのとは違うな。何かカラクリがあったんだろうが、アメイヴァ並みにしつこく再生する奴等だったぜ」

「瞬間的に転移してた……という可能性はあるか？」

「ねえな」

何を言っているんだと言いたげな顔で、ラクターはヴェルムドールを見る。

そんなヘマはしないという自信からくるものだったのだが、ヴェルムドールの危惧するところを察したラクターは、何かを思い出すように天井を見上げた。

「あー……そうさなあ。一度、剣魔の野郎を真っ二つに割ってみたことがあるんだよ」

「だから何やってんだ、お前は……」

「まあ、そこは流してくれよ。で、だ。次の日には元に戻ってたぜ」

当時のラクターの好き放題の行動に頭を抱えたくなったが、イチカが珍しく楽しそうにしているので、とりあえずそれについては放置することにした。

問題は、その再生能力についてだ。

「しかし、そうなると剣魔が実は生きていたという可能性も高そうだな……」

「あー、そいつはどうかと思うぜ」

「ん？」

ヴェルムドールの言葉に、ラクターがすぐに待ったをかけた。

「あいつ、勇者に殺《や》られたんだろ？」

「そう聞いてるな」

「なら、キッチリ殺されたはずだぜ。聖剣ってやつは、そんなに甘い武器じゃねえ」

そういえば、聖剣の実態についても謎のままだ。

ジオル森王国との交易で入ってくる本の中にも、聖剣についてはあまり書かれていない。

「神々の力を束ねたもの」という点はほぼ全ての本で共通するものの、その完成形が如何《いか》なる物であるかについては、曖昧《あいまい》な記述しかないのだ。

「俺も直接戦った時での感想でしかねえが、あれは相当にヤバい武器だ」

「まあ、そうだろうな。神の力なんてものを束ねたんだ。並の武器じゃないだろうさ」

ヴェルムドールの言葉に、ラクターは頷く。

「まあな。だが、あの剣のヤバさは実際に見た奴じゃないと分からねえ。だがよ、魔王様。あの剣は、ほぼ化け物と化したグラムフィア様を滅ぼしたんだぜ？　最終的には神ですら片手でブチ殺せるんじゃねえかって領域にドップリ浸かってた状態のグラムフィア様を、だ」

その状態のグラムフィアについては、勇者伝説に残されている程度にしかヴェルムドールは知らない。

『その姿は竜の如き巨大さを誇り、悪鬼の如き顔に、曲がりくねった角を生やした頭部、漆黒の無数の翼を持つ。血で染め上げたかのような深紅の鎧を纏《まと》った姿は、まさに邪悪を体現していた』

確か、そんな記述だったはずだ。

「昔は普通の魔人みたいな外見だったし、豪放磊落《ごうほうらいらく》な人だったんだがな。女好きだったけど、俺とも気が合ったんだぜ」

「それはそれは。さぞかし周りは大変だったでしょうね」

イチカがすかさず嫌味を言うが、ラクターは気にせず昔を懐かしむような顔をする。

「まあな。行く度に嫁が増えてたしよ。当時の魔王軍の連中はどいつもこいつも疲れた顔を……ん、そういえばその話だったか？」

「そうだな。その様子だと魔王軍のことも知ってそうだな」

「まあな。つーか、一人は魔王様も知ってるだろ？」

「ん？　剣魔のことか？」

「違う違う、ありゃ後から来た奴だろ」

ラクターはそう言うと、片手で東部のほうを示してみせる。

「アルムだよ。途中離脱組だけどよ、アイツは元々旧魔王軍の参謀だったんだぜ？」

言われて、ヴェルムドールは東方軍本部で見たツインテールの少女を思い出す。

しかし、ファイネルに抱きつくか何かをしようとして殴り飛ばされている姿しか浮かばない。

旧魔王軍の参謀という肩書きとは、あまりにもかけ離れているように思えるのだが。

「あー……今のアルムはただのバカだが、昔は凄かったんだぜ。まあ、強さじゃなくて頭の良さで、だがな。今の魔王軍でいえば、ロクナみてえなポジションだったんじゃねえか？」

「……なるほどな」

頷き、ヴェルムドールはラクターに先を促す。

「徹底的に表に出なかったから、ファイネルもアイツがそうだったなんざ知らないだろうがな。魔王軍を脱退しても、当時ほとんど話題にならんかった」

「まあ、その時代は俺は知らんがな。ということは、アルムを呼んだほうがいいのか？」

ヴェルムドールがそう言うと、ラクターは首を横に振る。

「だからよう、言っただろ？　今のアルムはバカなんだよ。基本的にアイツはアメイヴァだからな。しかも何度も吹き飛んで再構成してんだろ？　たぶん今のアイツにゃ、ファイネルへの執念くらいしか残っちゃいねえぞ」

「……そうか」

あまりにも納得できる言葉に、ヴェルムドールは頷く。

「ま、身に着けた魔法くらいは本能で覚えてるから、戦力としては当時のままだろうけどな。頭脳に関しちゃ期待しないほうがいい」

「まあ、アルムについてはいい。そうなると当時の魔王軍について知ってるのはお前くらいか？」

「かもな」

ラクターはそう言うと、肩を竦《すく》めてみせる。

「といっても、元々人数も少なかったしな。印象的な奴なんざ、精々一人くらいしかいねえぞ？」

「ほう。どんな奴なんだ？」

ラクターが印象に残っているという相手に興味を覚えて、ヴェルムドールは身を乗り出す。

「旧魔王軍の軍団長だ。アイツだけは、最後までグラムフィア様に忠誠を誓って死んだ。たぶん、当時の魔族一の忠義者だったろうよ。狂っちまったグラムフィア様も、アイツだけは最後まで側に置いてたしな」

そう言うと、ラクターは楽しそうに笑う。

「ああ、アイツはすげえ良かった。俺とガチで殴り合いができた、唯一の魔族だった」

「それは……確かに相当だな」

「おう、そうだろ」

本当に楽しそうに軍団長のことを語るラクターだったが、すぐにその顔を曇らせる。

「……そうだな。旧魔王軍を復活させようってんなら、俺はまず間違いなくアイツを最初に復活させる」

「どんな奴だ。特徴と能力をできる限り詳しく教えてくれ」

ヴェルムドールがそう聞くと、ラクターは何処《どこ》か遠くを見るような目をする。

「どんな奴……か。そうだな、魔王様みたいな黒髪で、黒目だ。髪は……短かったか？　とにかく堅いしきっつい奴だったな」

「……？　まるで女の話をしてるみたいだが」

「ああ、アイツは女だぜ」

ラクターはアッサリとそう答え、何かを思い出すようにしながら続ける。

「名前は……あー……そうそう、ベルディア。ベルディアだったな」

旧魔王軍軍団長ベルディア。

その名前は、勇者伝説には出てこない。恐らくは省略されたのだろう。

「能力は……ドラゴンブレスだな。魔人形態の時には確か、突撃槍と盾を使ってたぜ。くそでけえ槍を片手で振り回す女だったな」

恐ろしいって点ではどっかの誰かさんに似てやがるな、と言ってラクターは笑い、イチカが再び舌打ちをした。

「ドラゴンなのか？」

「まあ、ドラゴンといえばドラゴンかもしれねえが……ちょっと違うな」

ラクターはそう言うと、再度遠い目をする。

「ベイルメタルドラゴン。グラムフィア様が創造した、グラムフィア様の切り札であり最終兵器。それがベルディアだ」

ヴェルムドールは「ベイルメタルドラゴン」という言葉に素早く反応した。

「ベイル……か。その名前を冠しているということは」

「ああ、ドラゴン形態のアイツが吐くのは、ベイルブレスだ。俺と同じだな」

「……そうか。最悪、そいつが復活することを考慮に入れないといけないわけだな」

そう言って黙り込むヴェルムドールに、ラクターが声をかける。

「なあ、魔王様。もしアイツが本当に復活してて、何処《どこ》かの誰かの操り人形にされてるってんならよ……その時は、必ず俺を呼んでくれ」

黙ってラクターを見るヴェルムドール。

ラクターはヴェルムドールを見据えたまま、静かに語る。

「その時はよ、俺がアイツをブチ殺す。だから……頼むわ」

状況によっては、それができないこともあるだろう。

しかし、今のラクターの言葉だけは心に刻んでおくべきだ。

ヴェルムドールはそう考え、一言だけ答えた。

「……覚えておこう」

何もかもが不確定で、全ては予想に過ぎない。

その予想が現実とならないことを――今は、祈るしかない。

25

ラクターが去った執務室の中で、ヴェルムドールは静かに考え込んでいた。

今回の事件の犯人。あの剣魔の後ろで糸を引いているのは誰か。

どうせ大元はフィリアだろうが、自身が動いている可能性は低い。イクスラースの時がそうであったように、誰かを動かしているはずだ。

今のところ考えられるのは、ニノが以前、人類領域で出くわしたアルヴァから聞いたという、アルヴァクイーンだろうか。

とはいえ、名前しか分からない相手ではどうしようもない。

「……結局、受身にならざるを得ない、か」

「問題ございません。その企みの全てを叩き潰せば、自ずと黒幕は出て参りましょう」

イチカの言葉に、ヴェルムドールはそうだなと言って頷く。

ひとまずできる対策としては、国内の警備の強化だろうか。

ジオル森王国に対しては……まだ懸念でしかない現時点で、どう伝えたものか。ルーティのルートは有効活用すべきだが、それだけでは外交の信頼性を疑われる。

「……そういえば、ゴブリンアサシンとやらの報告があったな」

「ええ。各国の諜報員からそうした報告が来ております」

ゴブリンアサシンとは、最近シュタイア大陸の諜報員から報告されている謎のゴブリンのことだ。

ゴブリンにしては高い知能と戦闘力を誇っているようなのだが、その生態は謎である。

「それを利用させてもらおう。ゴブリンアサシン同様の、詳細不明の魔族がいるという話を……」

そこで、ヴェルムドールの言葉は止まった。

確か、ゴブリンアサシンの死に様について気になる報告がなかっただろうか。

そう……倒すと黒い霧のようなものになったという話があったはずだ。

奴らはそういう生態なのかと思って放置していたが、もしかすると。

「……」

「ヴェルムドール様？」

しばらく悩む様子を見せた後、ヴェルムドールはゆっくりと口を開く。

「……それとは別に、各地の諜報員に指示を出せ」

「はい。どのような？」

「各地でのアルヴァの動向を調査しろ。ゴブリンアサシンについては、アルヴァの仲間か尖兵か……そう考えて対処だ」

「捕獲しますか？」

その言葉に少し考え、ヴェルムドールは否定する。

「いや、今はいい。殲滅《せんめつ》を優先しろ」

「はい」

指示を受けて早速イチカが動き出し、執務室にはヴェルムドール一人が残される。

蘇った魔族。

そして、アルヴァの何らかの影響を受けたか、アルヴァそのものであると考えられるゴブリンアサシン。

これが全てアルヴァクイーンの手によるものだとすれば、直接攻め込んできたイクスラースよりも余程厄介だ。

ほとんどの人類には、シュタイア大陸の魔族とザダーク王国の魔族との区別などつかない。魔族によってなされたことの全ての原因は、魔王である自分にあると判断されるだろう。アルヴァの行動ですら、そう見られているきらいがあるのだ。

これに対し、いくら自分達ではないと叫んだところで、証明のしようがない。

何しろ、アルヴァクイーンなる存在を誰も見たことがないのだから。

そもそも、アルヴァ達の本拠地は何処《どこ》にあるのか。

イクスラース達のいた次元の狭間とかいう場所は怪しいが、そこに行く手段がない。

イクスラース達の使っていた次元城が使えるなら話は早いのだが、その次元城は力を失い、今や普通の古城になってしまっている。ロクナが飽きるほど調査して何も見つからなかった以上、今後次元城から新たな何かが見つかる可能性は限りなく低い。

となると、現状で次元の狭間とやらに侵入する手段はないということになる。

「……どうにかアルヴァクイーンとやらを引きずり出せればいいんだがな」

しかし、それとてアルヴァクイーンの狙いが不明な現時点では難しいだろう。

相手が何を狙っているのか、現在のアルヴァの動きからでは推測不可能だ。

人類領域の至る所に現れ、殺戮《さつりく》の限りを尽くす。それがアルヴァの基本行動だ。時折変異型や特異型ともいえるタイプも現れるようだが、その報告例は非常に少ない。

それだけしか情報のない現状では、どうやってもアルヴァの目的が見えてこないのだ。混乱そのものが目的だというのでもなければ、説明のつかない非合理さである。

「……失礼します」

ループに嵌《はま》ったヴェルムドールの思考を断ち切るようなタイミングでノックの音が響き、イチカが入ってくる。

「イチカか。早かったな」

「はい。それと、新しいお茶を淹《い》れてまいりました」

そう言うと、湯気の立つカップをヴェルムドールの机の上に置いた。

何かのハーブと思われる清涼な香りを吸い込み、ヴェルムドールは小さく息を吐く。

「……知らない香りだな。これは？」

「新しくジオル森王国より入ってきた茶葉です。今のご気分にピッタリかと思いまして」

「そうか」

カップを持ち上げ、口元に運ぶ。

喉に流し込み、コクリと飲み込んで……フッと小さな笑いを浮かべた。

「……なるほど。香りに見合った味だ」

「ご気分を変えるには最適でしたでしょう？」

「まあな。今の材料で考えてもどうにもならん、という結論に至ったよ」

ヴェルムドールがカップを机に戻すと、その背後にイチカが回り込んだ。

どうした、と問う暇も必要もない。イチカはヴェルムドールの両肩に手を置き、ゆっくりと揉み始めた。

「そんなに疲れているように見えるか？」

「ええ」

されるがままになりながら、ヴェルムドールは静かに目を閉じる。肩に感じる心地よい痛みに、思考までがほぐされていくようだ。

ヴェルムドールはふと、そういえば……と思う。

「……イチカ」

「はい」

「剣魔のことを、恨んでいるか」

「いいえ」

短い返答。曲解のしようもない否定に、ヴェルムドールは意外に思う。

自分を殺した相手なのだから、多少なりとも恨んでいるかと思っていたのだ。

「……確かに、剣魔は前の私を殺しました」

手を止めないまま、イチカは答える。

「しかし、恨んでいるか否かと言えば、答えは否です」

「それは、どうしてだ？」

その問いに答えたのは、短い沈黙。

イチカの手が止まり、ヴェルムドールは閉じていた目を開く。

目に入ってくる、眩《まばゆ》い光。その中で、イチカの言葉が聞こえてくる。

「……貴方《あなた》に、会えたからです」

ヴェルムドールの肩に触れていた手が、そっと離れる。

「気の狂いそうな永遠の果て。無限に続く命の鎖の先に、貴方《あなた》がいました。誰にも……勇者にも救えなかった私を、貴方《あなた》が救ってくれました」

そう、イチカはヴェルムドールに救われた。

終わる度に、知らない始まりになる恐怖。

終わりの定められた、始まりに立つ絶望。

もはや命の神フィリアを殺すことでしか叶わないと考えていた願い——確かなる終わりへの日々を、イチカは手に入れたのだ。

「ヴェルムドール様……私の、魔王様。貴方《あなた》と出会えたことが私の幸福。それを思えば、剣魔などどうでもよいことです」

「……そうか」

やはり、剣魔を消し飛ばしたのはヴェルムドールの自己満足ということなのだろう。

しかし、それでもいい。別に恩を着せようとしてやったわけでもないのだから。

「けれど、ヴェルムドール様」

「何だ？」

「私のことを考えてくださっていたこと、感謝いたします。剣魔の件は、リアの心残りでした」

「……そうか」

イチカの気配がヴェルムドールから離れ、そのまま、イチカは扉へと向かって歩いていく。

「……ヴェルムドール様」

扉の前で、イチカは振り返った。

「私に遠慮される必要は、ありませんよ」

「……何の話だ？」

「私がリアであったこと。使いようによっては、ヴェルムドール様の望む武器になるはずです」

ルーティのことを言っているのだろう。そのことに気づき、ヴェルムドールは小さく溜息をつく。

確かに、考えなかったわけではない。

「……ああ、ありがとう。でもな、信じはしないだろうさ」

「かもしれませんね。けれど……彼女は聡《さと》い人です」

「……そうか」

イチカが去った後に、ヴェルムドールは指で机をコツンと叩いた。

イチカが、共に勇者と旅をしていたリアであるとルーティに信じさせる。

確かにそれができれば、ルーティの心は一気にこちらへ傾くだろう。

だが、それは非常に難しい。何故なら、情報とはいくらでも調べられるものだからだ。

特に、魔王たるヴェルムドールは命の種に触れられる。誰かの命の種から無理矢理情報を読み取り、リアとルーティの関係を知ることも可能だ。

「……俺がルーティなら、まずこの線を疑うだろうな」

ならば、どうするか。

いや、これについても答えは出ている。

下手に動かないほうがいい。失敗すれば、これまで積み重ねてきた全てを失う危険性がある。

「……ままならんな」

そう呟き、気分転換しようと立ち上がる。

本棚から、この前ロクナが置いていった英雄譚を取り出し、パラパラと捲《めく》った。

英雄が次から次へと新たな事件に出会い、さらには事件を解決する鍵や犯人、重要人物やらが向こうから勝手に飛び込んでくる、実に明快かつ爽快な物語だ。

「フッ」

ヴェルムドールは本を閉じると、それを思わず床に叩きつけようとして……烈火の如く怒るロクナの顔を想像し、静かに棚に戻した。

「こんなに万事が上手くいくなら、俺が苦労するわけないだろうが……ったく、これだから英雄だの勇者だのってやつは……」

苛立《いらだ》たしげにこぼして振り向くと、扉を半分開けたまま、じっとこちらを見ているロクナと目が合った。

「……」

「……」

たっぷり三秒程見つめ合っていると、ロクナがそっとハンカチで目元を拭《ぬぐ》い始める。

「……疲れてんのね、ヴェルっち。いいのよ、別に。あ、そうだ。膝《ひざ》枕とかしてあげよっか？」

「……気持ちだけ受け取っておこう」

それだけ答えると、ヴェルムドールは疲れきった顔で溜息をついた。

26

ジオル森王国の離宮は、現在ルーティの住まいになっている。

その離宮のうち、ルーティが普段寝室として使っている部屋に今、一人の客が来ていた。

東方将《とうほうしょう》ファイネル。ルーティの友人という立場にある、ザダーク王国の重鎮の一人だ。

相変わらず転移魔法で突然現れる友人は警備員泣かせだが、毎回のことなのでルーティも気にしていない。

紅茶とクッキーをテーブルに用意すると、友人はいつも紅茶そっちのけでクッキーをパクつきながら、思い出したように土産を渡してくる。それはある時は野菜であったり、菓子であったり、アクセサリーであったり、様々だ。

統一性のないラインナップは気まぐれな友人の性格の表れでもあるのだが、そんな友人が今日持ってきた土産話は、ルーティが飲みかけた紅茶を噴き出すには充分すぎるほど衝撃的なものだった。

「け、剣魔……⁉　それは確かなんですか⁉」

「ああ。と言っても私は見てないが、確かな情報だ」

「貴女《あなた》……それは私じゃなくて王に話すべきことでしょう?」

ルーティがファイネルを睨《にら》み付けると、ファイネルは何を怒っているんだと肩を竦《すく》める。

「当然話がいっているに決まってるだろう。ただ、そっちは私じゃなくてナナルスの仕事だ。魔王様が、お前にも話を持って行けと仰ってな。で、こうして私が来たというわけだ」

「そ、そうですか……」

剣魔は勇者伝説の中で最も人気のない魔族だ。卑怯で姑息、馬鹿であり、そのくせ杖魔と共に勇者伝説の最後の最後まで出張ってくる。

子供達から「剣魔きらーい」とか、親に「そんなこと言ってると剣魔みたいになるよ」とか言われるような魔族ではあるが、決して弱いというわけではない。

むしろ最後のほうまで生き残ったのも、手駒として優秀だと杖魔に見込まれていたからであり、剣魔の名を冠するだけの実力はあったのである。

実際、ルーティからしてみれば剣魔は厄介極まりない魔族であった。何度も相対し、追い詰められたこともある。

剣術の腕も確かで、当時の人類で剣術のみで剣魔を凌駕したのは、リアとデュークの二人だけだっただろう。リューヤも最終的には剣魔を打ち倒したが、それは剣の性能と魔法も合わせた総合力で勝っていたからである。

そう。剣魔は、リューヤが打ち倒した。

聖剣ティルトブレイドで、剣魔の魂ごと打ち砕いたはずなのだ。

それが現れたなどと言われても、にわかには信じられない。

だからこそ、ルーティはファイネルにこう問いかける。

「……それは、本当に剣魔だったのですか？」

「どういう意味だ？」

「文字通りの意味です。それは、確かに剣魔でしたか？」

ルーティの質問の意味が分からず、ファイネルは困惑した顔をする。

そんなファイネルを見ていたルーティは、やがて、ふうと小さく息を吐いた。

「貴女《あなた》が直接見たわけではないのでしたね」

「まあ、な。しかし、剣魔を直接知る者が見ている。見間違うことはないと思うが」

「そう、ですか……。ですが、剣魔の見た目は鎧兜ですからね。確かに特徴的ではありますが、偽装できない程でもないでしょう」

「それを言い出すとキリがないが、偽装する意味は何処《どこ》にある？」

空《から》になった皿に追加のクッキーを盛りながら、ルーティは答える。

「色々ありますよ。剣魔の健在を示すことで、剣魔以外の健在の可能性を匂わすことができます。まあ、そこは相手の目的で変わるのでしょうが」

そう言うと、ルーティは皿をカツンと叩いた。

「そう、問題はそこです。剣魔が貴女《あなた》達の所に来たのは理解しました。けれど、具体的に何処《どこ》にどんな目的で来たのかを聞いていません。それによって仮説は如何様《いかよう》にでも変わりますが……ファイネル、貴女《あなた》はそれを知っていますか？」

「む」

言われて、ファイネルは口の中に入れていたクッキーを呑み込む。

「ああ、知っているぞ。教えていいとも言われている。剣魔の目的は、グラムフィア様の角の欠片《かけら》だ。場所については……まあ、重要拠点だな。とりあえず剣魔は魔王様が消し飛ばしたそうだが、剣魔に奪われた角の欠片《かけら》は見つかっていない」

そう答えて、ファイネルはクッキーを再度口に運ぶ。

皿の上に載っているのは小麦色のクッキーと、黒いクッキー。黒いクッキーは甘くて、少々ファイネルには味がしつこいようにも感じる。小麦色のクッキーは好みだが、何の味なのだろうか。

そんなことを考えながらサクサクと頬張っていると、ルーティがクッキーの皿をファイネルの手元からスイと下げた。

「消し飛ばした……ですか」

「ああ。具体的にどう消し飛ばしたかは聞いてないがな」

ファイネルはルーティの手元からクッキーの皿を取り戻すと、クッキーをもう一枚手に取ろうとして……再度、ルーティに皿をスイと下げられる。

「確認しますが、角の欠片《かけら》があったのは重要拠点。そして角の欠片《かけら》は見つかっていない。これで間違いありませんか？」

「ああ、間違いない。おい、ルーティ。それは私の茶菓子だぞ」

「ウチのでしょうが。高いんですからね、これ。それでファイネル、その重要拠点とやらは外部の者でも簡単に分かるような場所なのですか？」

ファイネルは不満そうな顔で紅茶を口にして、言葉を選ぶように考え込む。

「……ザダーク王国所属の魔族であれば、存在は知っているだろうな。場所も公開はしていないが、秘匿しているというわけでもない。調べようと思えば見つけられる」

「なるほど。その調べる方法とやらは、あの剣魔の外見でも可能なものですか？」

その言葉の意味を考えた後、ファイネルは疑問符を浮かべる。

「なんで外見を限定する？　魔人化という手段があるだろう」

魔人化は人の姿になることを指し、一定以上の力を持った魔族ならば可能なことだ。幹部級の魔族であるなら、使えない者のほうが少ない。

しかし、ルーティは首を横に振って否定の意を示す。

「いいえ。剣魔は魔人化できません。剣魔は、自分の力を高めることにしか興味がありませんでしたから。魔人化の技能には、力を注いでいないと聞いています」

それはかつて、ルーティ達に剣魔自身が語ったことだ。

魔人化には、並々ならぬ魔力を消費する。それは魔族としての能力の成長を多少なりとも阻害する。だからこそ、自分は魔人化しないのだ……と。

「……そうか。そうだな、剣魔が私の聞いたままの外見だとすれば……まあ、ある程度目立つだろうな。しかし、不審がられるという程ではないだろう」

「可能、ということですか」

「可能・不可能で言えばな。で、お前は何を危惧している？」

ファイネルの質問に、ルーティは考えるように手元のカップへと視線を落とす。

「そうですね。一つ目は、剣魔の生存についてです。それが本当に剣魔であるならば、まず間違いなく生きているでしょう」

「ああ、それは魔王様も仰っていた」

「ということは、グラムフィアの角の欠片《かけら》は持ち去られた可能性があるということです」

「そうだな。ああ、そうだ。お前、それをわざわざ奪う理由は思いつくか？」

「いいえ。貴女《あなた》達に見当がつかないのであれば、私に分かるはずがないでしょう」

そう答え、ルーティは紅茶のカップを机に戻した。

「そして、次に……剣魔の仲間の可能性についてです」

「ふむ」

「剣魔がもし聖剣の一撃にすら耐えて生きていたというならば、杖魔と呼ばれる魔族も生き残っている可能性があります。もしそうなら、かなり厄介です」

杖魔は、シュクロウス配下の四魔将の一人にして、最もリューヤ達を苦しめた魔族である。悪辣《あくらつ》で残虐な作戦を平然と実行できる非情さと、それを立案できるだけの頭脳を持ち合わせていた。

その性格から武人気質の槍魔とは随分と反目し合っていたようで、最終的に槍魔は杖魔の謀略によって死んでいる。

「率直に言えば、剣魔に情報収集なんてできるとは思えないんです。誰かが裏で糸を引いているというのなら、しっくりくるんですが」

「なるほど、馬鹿なんだなソイツ」

「ええ。貴女《あなた》が天才に見えるほどには」

「ん？　私はそんなに優秀に見えるか？」

相好《そうごう》を崩すファイネルにルーティは何とも微妙な顔をすると、クッキーの皿をファイネルの手元に押しやった。

「……食べていいですよ」

「お、そうか。やっぱりお前はいい奴だ」

サクサクとクッキーを食べ始めるファイネルを生暖かい目で見ていたルーティは、コホンと咳払いをする。

「とにかく、そうだとすると角の欠片《かけら》の奪取には必ず何かの意味があります」

「そうだな。魔王様もそれを懸念している」

「……具体的には、どんな懸念を？」

小麦色のクッキーの最後の一つを摘み、ファイネルはそれを口に運ぶ。

サクサク、ゴクンと呑み込むと、ファイネルは真面目な表情を作り直した。

「……旧魔王軍だ。こっちでいう勇者伝説に語られる連中が何か引き起こすのを、魔王様は懸念しておられる」

「……なるほど。しかし、少なくともジオル森王国はこれで事情を知りました。私から話せば、王はその状況を理解されます。貴女《あなた》もそれが狙いで派遣されたのでしょう？」

「まあな。だが、問題はこの国じゃない」

人類領域には、四大国といわれる国だけでも他に聖アルトリス王国、サイラス帝国、キャナル王国がある。

未だ内戦中のキャナル王国を除くとしても、サイラス帝国で奴らが何かを起こせばどうなるだろうか。そして何より、聖アルトリス王国はどう動くか。

「聖アルトリス王国は今、情勢がかなり不安定だと聞く。伝説の魔王軍などというモノに出てこられては困ると、魔王様は仰せだ」

「……出てくると、ヴェルムドール殿はお考えなのですね」

「懸念の段階だ。だが命の神フィリアが関わっている可能性が高い以上、その懸念も懸念で終わらない可能性がある。違うか？」

ファイネルの言葉に、ルーティは無言のまま目を閉じる。

「……今の段階では、何とも言えませんね」

その一言だけ、答えたのだった。

27

それは、無限の零。

何処《どこ》まで行こうと何も始まることはなく。

何時まで待とうとそこには終わりしかない。

此処《ここ》は世界からも切り離された場所。

漂い停滞し続ける、虚《うつ》ろな空間。

次元の狭間と呼ばれるこの場所に浮かぶのは、一つの巨大な島。

その島の中央には、巨大な城。そして、周囲に広がる街。

これだけで完結する此処《ここ》は、あるいは国と呼ぶこともできるだろう。

本来の名前で呼ぶならば、こうだ。

次元城アヴァルディア——アルヴァの本拠地にして、アルヴァクイーンの座す場所。

故《ゆえ》に、街に暮らす者は人類ではない。無数のアルヴァ達だ。

下町と呼ばれる最下層にいるのは、通常型のアルヴァ達。そして城に近づくほど、変異型や高度な知能を持った特殊型などが暮らす区画になっていた。

街の中央にある美しい半透明の材質でできた城は虹色に輝き、アルヴァクイーンの威光を示す。

この城でアルヴァクイーンと共に過ごす栄誉を与えられるのは、一部の選ばれし者のみなのだ。

その城の中を、一組の男女が走っている。

一人は金色の鎧を全身に纏《まと》い、長槍を持った騎士。

獅子をイメージしたと思われる兜の奥の顔は見えず、そこには暗い闇があるだけだ。

もう一人は漆黒の重鎧を身に纏《まと》い、突撃槍と盾を構えた騎士。

短めに切り揃えた黒髪と、凛とした印象の黒目が特徴的である。

虹色に輝く廊下を走る二人の先に、数体のアルヴァが滲《にじ》み出るように現れた。

それが完全に姿を現した瞬間に、黄金の騎士が槍を振るう。

先頭の一体を貫くと、そのまま黄金の騎士は無詠唱で魔法を放った。

「トルネードランスッ！」

黄金の騎士を中心に発生した風の渦がアルヴァを呑み込み、消し飛ばす。

遮るものがなくなった場所を走り抜け、二人の騎士は見つけた階段を駆け下りた。

その先に現れた巨大なアルヴァに、今度は黒い騎士が突撃槍を構えて突っ込む。

「魔槍技……ベイルチャージ！」

黒いオーラを纏《まと》った槍は巨大なアルヴァを一撃で霧散させ、そのまま二人は止まらず走り抜ける。

並んで走る二人のうち、黄金の騎士が焦ったように隣の黒い騎士へと叫ぶ。

「くそっ……なんと広大な城だ！　どうする、このままだと我等が力尽きるほうが早いぞ！」

「落ち着け、槍魔殿。しかし……この城はおかしい。先程から、時折空間の歪《ゆが》みを感じる」

「歪《ゆが》みだと？　それは……」

「クフフ、いやいや……恐ろしい方だ」

聞き返す黄金の騎士――槍魔に答えたのは黒い騎士ではなく、転移光と共に現れた赤いローブの魔族、杖魔であった。

「まさかこの短時間で気づくとは。ならば、大体察しはついているのでしょう？」

「貴様、杖魔……！　この薄汚い裏切り者め！」

即座に槍魔が接近して槍を振るうも、その槍は透明な障壁に弾かれた。

「これは……物理障壁《アタックガード》かっ！」

「クフフ、相変わらず人の話を聞かない方だ」

「グアッ!?」

杖魔の正面に展開していた透明な障壁が歪《ゆが》み、槍魔は思い切り弾き飛ばされた。

転がるようにしながら体勢を整えると、槍魔は驚愕《きょうがく》の表情で杖魔を見る。

「物理障壁《アタックダード》で攻撃……？　馬鹿な」

「魔法は常に進歩しています。ただそれだけの話ですよ」

杖魔はそう言うと、手に持つ杖で床をコンコンと叩く。

「いいですか、槍魔。私はシュクロウス様を裏切れと言っているわけではないのです。もっと単純に考えなさい。そもそも……」

「黙れ……！　貴様の戯言は聞き飽きた！　シュクロウス様が死んだだと⁉　ならば此処《ここ》にいる我の存在は何とする！　シュクロウス様が死んで我がおめおめと醜態を晒《さら》しているわけがなかろうが！」

話にならない、と言いたげに肩を竦《すく》めた杖魔は、次は黒い騎士の方へと視線を向けた。

「貴女《あなた》はいかがですか、ベルディアさん。聡明な貴女《あなた》であれば私の話が理解できるでしょう？」

「そうだな、理解はした」

「おお、そうでしょう！　では……」

「だが、それがどうした」

続くベルディアの言葉に、杖魔の台詞《せりふ》が遮られる。

「貴様の言葉は何一つ信用できん。この城の仕組みを自分の魔法かのように語る貴様の何処《どこ》に信憑性がある」

「む……」

指摘され、杖魔は思わず黙り込む。

口先で相手を丸め込み、自分のペースに話を持っていくのは杖魔の得意技だ。

しかし、今回はそれが裏目に出たことを悟った。

そして同時に、今の杖魔の行動のからくりすら理解しているらしいベルディアに戦慄《せんりつ》する。

「く……ふふっ、なるほど。少々遊びが過ぎたのは認めましょう。しかし、私の話をキチンと聞けば何が正しいかは自ずと……！」

「黙れと言ったぞ、杖魔。貴様の時間稼ぎに付き合うつもりなど、毛頭ない」

ベルディアはそう言って槍魔の腕を掴《つか》み……その場に、転移の魔法陣が展開する。

「なっ……！」

その光景に、杖魔は驚愕《きょうがく》する。

空間の歪《ゆが》みきったこの場では、まともに転移魔法など使えない。

使えるのは杖魔のように、この次元城の全てを知り尽くした者くらいだ。

一度試して失敗すれば、誰もが此処《ここ》では転移魔法は使えないと思い込む。

だからこそ、二人は此処《ここ》まで城の中を走っていたはずなのに。

「場を演出しようとするあまり、詰めが甘くなるのはお前の弱点だ、杖魔」

転移光に包まれながら、ベルディアは言い放つ。

「私達を驚かせようとして、転移魔法で現れたな？　貴様の起こした空間の歪《ゆが》み……しっかりと感じたぞ。ならば、此処《ここ》でも無理をすれば転移魔法は使える。つまりは、そういうことだっ！」

その言葉と同時に、槍魔とベルディアの姿が掻き消えた。

それを杖魔は呆然と見送り……苛立《いらだ》たしげに床を踏みつける。

「く……うう……くそっ！　大量の魔力で無理矢理転移先に繋げたのかっ！　ぐ……う……おおおおおっ！」

杖魔から溢れ出した魔力が爆発し、辺りを大きく揺るがす。

「ええいっ、どいつもこいつも力で解決しようとしやがって！　美しくない！　美しくないんだよぉおっ！」

連続して爆発が発生し、近くに現れたアルヴァが巻き添えをくって粉微塵《こなみじん》に吹き飛んだ。

何度かの爆発の後、荒い息を吐く杖魔に面白がるかのような声がかけられる。

「オイオイ杖魔。随分荒れてんじゃねえかよ。なんだ？　あの新入りどもに逃げられたのか？」

「剣魔ですか……」

全てを忘却してしまったらしい剣魔を見て、杖魔は自分の思考をクールダウンさせる。

自分はこの馬鹿とは違う。自分の記憶は完璧だ。

つまり……自分は完璧だ。

そう言い聞かせ、杖魔はようやくいつもの調子を取り戻した。

「フン……問題はありませんよ」

「そぉかあ？　なんなら俺が追いかけていってブチ殺してやるぜ？」

できもしないことを、と杖魔は心の中で嘲笑する。

槍魔一人だけなら相打ちに持ち込めるかもしれないが、ベルディア相手では無理だ。

下手をすると、完全に殺されてもおかしくはない。

この剣魔という駒を今失うのは、どう考えても良い手ではない。

「いいえ、それには及びません」

「けどよぉ。あの方にどう報告するんだよ」

「逃げたことを報告すれば充分です。それに……もっと面白いものもありますし、ね」

あの二人を逃がしたのは残念だが、落ち着いて考えてみればベルディアが発動したのは、ただの転移魔法だ。

次元の狭間と通常空間の壁は、普通の転移魔法で抜けられるほど甘くない。

力技で無理矢理抜けてしまうかもしれないが、そうなれば、まず間違いなく転移事故が発生する。

狙った場所に辿《たど》り着かないだけならともかく、魂に何らかの変調をきたす可能性すらあるだろう。

「……できれば完全に狂って、行き着いた先で暴れて死んでくれるというあたりが理想ですかね？」

「んあ？　何か言ったか、杖魔」

「いいえ、何も言っていませんとも」

剣魔にそう返し、杖魔は陰鬱《いんうつ》な笑いを次元城の廊下に響かせる。

剣魔は杖魔のその様子を見て、そういえば、あの暗黒大陸とかいう場所で目的のモノ以外の何かも拾ってきたらしいな、と思考を巡らせる。杖魔は決して自分に見せようとはしないが、何に使うつもりなのだろう。

杖魔によると、死んだ者を復活させる技をこの城の主は会得している……らしい。それが可能なのであれば、それこそ神の領域だ。

「まあ、好きにやってくれや」

剣魔はそう言って、杖魔から興味を失くしてふらりと歩き去る。

まあ、そういう難しいことは杖魔が考えればいい。頭脳労働は、昔から杖魔の領域だったのだから。

「……ん？　昔？　昔って、いつのことだ？」

その疑問すらも、すぐにどうでもよいことと忘却して――剣魔は気楽に適当な歌を口ずさみながら、次元城の廊下を歩いていった。

28

サイラス帝国を表すとすれば、「最先端」という言葉がピッタリだろう。

武器、防具をはじめとした様々な金属製品で、サイラス帝国製を超えるものは存在しない。

そして、それらの金属加工の最新技術は、常にサイラス帝国で生まれる。

これはこの国が技術者を独占しているわけではなく、メタリオと呼ばれる鍛冶の得意な種族を中心とする国家がサイラス帝国という国だからである。国内のメタリオの比率は、聖アルトリス王国で人間至上主義が高まり、キャナル王国の政変と内乱を経てさらに増えていた。

サイラス帝国から見た各国の状況はどうかというと、少々歪《いびつ》である。

まず、聖アルトリス王国。

この国からは人間の商人が取引に来て、国家間の交流も、一応続いてはいる。これは聖アルトリス王国での人間至上主義の高まりが大神殿主導であり、政府としてはサイラス帝国との交流を続けたがっているという事情があるからだ。

ならば大神殿の影響を排除すればよいのではという話もあるのだが、過去の勇者召喚により世界平和をもたらした功績と影響は未だ大きく、現実に新たな魔王を名乗る者の存在が確認された今、容易に排除できるものではない。

次に、ジオル森王国。

魔族の国であるザダーク王国との友好条約を結んだことで、一度は人類の裏切り者として国交を打ち切る案も真剣に検討された。

しかしサイラス帝国の皇帝アレフガルドによって国交継続が決定され、結局はジオル森王国との関係も微妙になりつつも続いている。

この継続の判断は、国内が不安定な聖アルトリス王国と比べればマシであり、「魔族との共存」というあり得ないはずの状況を受け入れている国の行く末を見たいという理由によるものであった。

もう一つは、キャナル王国。この間までは何の問題もない国だったが、突如巻き起こった政変と、それから派生した内乱が未だ続いている。

サイラス帝国としては静観しているが、対立している第一王女側と第三王女側の両方からは、支援要請がひっきりなしにきていた。

このような状況から分かる通り、どの国も、サイラス帝国との関係は維持していたいのだ。

これは単純に武器防具の質がどの国よりも秀でているのがサイラス帝国であり、この国との関係を切ることは、それらが手に入らなくなるのと同義だからである。

では、サイラス帝国が他の国との関係を維持するのは何故か。

簡単に言えば「義」によるものである。

かつて魔王シュクロウスによりシュタイア大陸が危機に陥ったとき、四大国を中心とする国々は人類として結束するため、誓いを立てた。

『人類の力を結集し、世界に平和を齎《もたら》さん。

人類の和をもって、世界の平和を永遠に。

これすなわち、全ての人類の願い。

永久に守られるべき、誓いである』

当時の四大国の重鎮が集った都市の名からレクリア誓約とも呼ばれるこの誓いは、各国の首都に碑文という形で残されている。

現在の世界情勢では、それが守られているとは言い難いが、だからといってサイラス帝国が誓いを破棄する理由にもならない。故《ゆえ》に、サイラス帝国は誓いを守り続けているのだ。

とはいえ、今やサイラス帝国政府の会議は外交をめぐって常に紛糾しており、その都度、アレフガルドが何とか場を仲裁しているに過ぎない。すでに、サイラス帝国の中でもレクリア誓約は過去のものとなりつつあるのだ。

「仕方のないことでは、あるのだがな……」

帝城の自室で、アレフガルドは疲れたようにそう呟いた。

時代は常に先へと進んでおり、現在の問題は過去の教訓を簡単に駆逐する。

何しろ、聖アルトリス王国のアルジュエル王ですら、口には出さないものの、人間以外の人類をほぼ無意識に見下しているのだ。

勇者パーティのメンバーの一人でもあった英雄ルーティを、エディウス冒険者学校の理事長から解任したと聞いた時には流石《さすが》に耳を疑ったものだが、同時にやはりか……という思いもアレフガルドの中にはあった。

神々に認められた英雄であろうと、彼等の中では人間以外の「亜人」でしかなかったのだ。

しかし、とアレフガルドは思う。

いくらアルトリス大神殿の教えが人間を最上位に置いていたとしても、この亜人論、人間至上主義の高まりは少々異常に思える。

そう、確か……伝説の時代にも、似たようなことがあった。

あの時は人類の不和の裏に、魔王シュクロウスがいた。

今回も同様のことが発生していないと、どうして言えるだろうか。

「……」

アレフガルドは、机の上に広げたままの手紙に目を向ける。

それは、親書だった。

相手は、ザダーク王国。

ジオル森王国を経由して届けられたこの親書に書かれている内容は、余計な装飾を省けば実にシンプルだ。

友好条約を結びたいから検討して欲しい。ただそれだけである。

この単純明快な要求は、また会議を紛糾させること必至のものでもある。

相手は魔族であり、新たなる魔王を名乗るヴェルムドールなる人物。

普通に考えれば、会うのは危険だ。

何故なら、伝説の時代を知り魔族の危険性を常に説いていたサリガン王が、ザダーク王国との友好条約を結んでからすっかり変わってしまったからだ。親魔族というわけではないが、単純に魔族というだけで排斥することの愚かさを説くようになった。

それ自体は正しいのかもしれないが、アレフガルドとしては充分過ぎるほどの違和感を覚える。

サリガン王は、認識が変わるほどの感銘をヴェルムドールなる人物から受けたのか、それとも……ヴェルムドールなる人物は、魔王シュクロウスのように洗脳の能力を持っているのか。

もし後者だとすると、今人類領域を覆い始めている混乱の原因もヴェルムドールにあると考えられる。

そんな相手に、会うことが正しいのか。それとも、会えば疑念は払拭されるのか。

いや、まだ問題はある。友好条約を結んだ際のメリットとデメリットだ。

メリットは、魔族の脅威という最大の悩みから解き放たれるかもしれないということ。

サイラス帝国内でもゴブリンにビスティア、アメイヴァやオウガなどによる被害は大きい。最近では、その被害の大部分はアルヴァによるものだが、ザダーク王国と手を結べば、このあたりは解決可能だろう。

そして、デメリット。これは簡単だ。他の国との関係が変化することである。

まず、聖アルトリス王国との関係は今以上に悪化するだろう。とはいえ、すでに関係は冷えきっているのだから、これ以上悪化となれば、いよいよ断交するしかない。

そして、ジオル森王国との関係は良い方向へ動く可能性がある。互いに同じ立場になることで、見えてくるものもあるだろう。

キャナル王国は、内乱状態だからすぐには影響はなさそうだ。

「受けない理由はない、のだがな……」

メリットとデメリットを比べれば、受ける方が得ではある。

ただし、それはザダーク王国側が本気で友好を結ぼうと考えている場合に限る。

たとえば、友好の名の下に洗脳を施し、実質の隷属を仕掛けてきた場合に抗《あらが》う術はあるのか。

アレフガルドは、あらゆる可能性を考慮する。自分の考えをまとめ、そうしてから会議にかけねばならない。

考え始めたアレフガルドの耳に、慌しく走ってくる足音と……激しいノックの音が聞こえてきた。

「……どうした、騒がしいぞ」

「た、大変だ！」

「お前の顔を見れば分かる。何事だ」

部屋に転がるように飛び込んできた大臣の顔を、アレフガルドは苦々しく見る。

「クリオエル号の破片が発見された！」

その言葉に、アレフガルドも眉をピクリと跳ね上げた。

クリオエル号は、聖アルトリス王国から出発したサイラス帝国の外交官ボルキオ達が乗っていた船の名だ。

何処《どこ》かに漂着したか沈んだものと思っていたが、やはりそうだったのだろうか。

「そうか。他に流れ着いたものは？」

「……ない。だが、破片に何らかの攻撃の跡が存在した。恐らく……」

「アルヴァ、か？」

「分からん。だがアレフガルド様、すでに城下では噂が流れ始めているぞ。聖アルトリス王国の関与を疑う者もいれば、魔族の襲撃を説く者もいる。これだけの騒ぎになっては、何らかの調査と報告が必要だろう」

それを聞いて、アレフガルドは溜息をついた。

次から次へと、面倒事というものは群れるのが好きらしい。

「そうだな……アルヴァの襲撃の跡と考えられる、と発表しておけ。船に乗っていたものの家族には見舞いをすぐに。生存の可能性については言及するなよ。それから破片についてだが……」

「移動の準備は整えている。だが、何しろ大きな破片でな。運ぶにも目立つぞ」

「……仕方あるまい。で、大きいといったが、どのくらいなのだ」

「船の先端部分だ。何かの強力な力で破砕されたような形跡と、焼け焦げた跡がある。恐らくは爆熱系か雷撃系の魔法だと思うが……詳しくは分からん」

「……そうか。まあ、今言った通りだ。急いで対処しろ」

来た時と同様に慌てて走り去っていく大臣を見送ると、アレフガルドは深く息を吐いた。

ボルキオ達はほぼ確実に生きていないだろう。安全を期すための海上移動だったはずだが、結果的に、それがボルキオ達の命を奪ってしまった。

「……そういえば」

アレフガルドは机上の親書に、再度目を向ける。

魔族には空間転移という魔法技術があるらしい。

友好の条件として、その技術供与は可能だろうか。

いや、条件でなくとも良い。友好条約締結の後に、それを提供、あるいは何かと交換できれば、今回のようなことは防げるかもしれない。

「……ふむ。これは良い案かもしれんな」

アレフガルドは頷き、さらに考えを練るべく机に向かうのだった。

29

ジオル森王国の王城付近には、ザダーク王国の代表者が滞在するための館がある。

その館の応接室には今、ヴェルムドールの姿があった。

豪奢《ごうしゃ》なソファーで本を読むヴェルムドールの隣にはニノが座り、退屈そうにヴェルムドールの肩に身体を預けている。

「……何読んでるの？」

「ん？」

ニノの質問に、ヴェルムドールは本から顔をあげる。

「なんか楽しそう。ニノは、こんなに退屈なのに」

「だからついて来ないほうがいいと言っただろうに……」

「この国はもう、ニノの庭みたいなものだから。ニノを連れて行かないなんてあり得ない」

まあ、確かにな……とヴェルムドールは頷いてみせる。

風の神ウィルムと、水の神アクリアの探索をニノに命じていたからか、ニノはこのジオル森王国を今でもよく歩き回っている。

どういうわけか水の神アクリアについての情報はサッパリ入ってこないのだが、今すぐどうしても会わないといけないというわけでもないので、特に追加指示はしていない。

「で、何読んでたの？」

「ん、ああ……これだ」

ヴェルムドールは、『獣人の謎』と書かれた本をニノに示してみせる。

「どういう本なの？」

「ん……まあ、タイトル通りだな。獣人という種族について考察した本だ」

「考察する必要あるの？」

「あるらしいぞ。この作者的にはな」

獣人は人類の仲間でありながら、実に謎に満ちた種族でもある。

まず彼等は、特定の国家を持たず、また作ろうともしない。それでいて、何処《どこ》かの国の庇護《ひご》を受けているわけでもない。決して一所には落ち着かず、彼等はあくまで自由なのだ。

この彼等の種族的な性質が、獣人という種族を謎めいたものにしていた。

……そんな本の内容を、ヴェルムドールはニノに説明した。

「……うん、もういいや」

「そうか？　此処《ここ》からが面白いんだが」

「ニノがこのまま寝てもいいなら聞かせてくれてもいいよ」

それは困るな……と呟くと、ヴェルムドールは再び黙読に戻る。

しばらくして読み終えると、ヴェルムドールは静かに本を閉じ、次の本を手に取った。

今はただ本を読んでいるだけだが、ヴェルムドールは此処《ここ》で無意味に遊んでいるわけではない。ジオル森王国から、サイラス帝国に出した親書の返事がそろそろ来そうだという連絡を受けて、飛んできたのである。

ザダーク王国で待っていても同じなのだが、ナナルスも忙しいだろうという理由をつけて、息抜きにきたというのが本当のところだ。

無論、ヴェルムドールが行くとジオル森王国側に伝えると歓迎だなんだのと面倒なことになるので、転移魔法でお忍びでやって来た。この館から出なければ、バレることもない。

そうしてヴェルムドールが本を読み進めていると、隣でぼうっとしていたニノが、突然ピクリと何かに反応して跳ね起きる。

「ん、来たか」

ヴェルムドールがそう言って本を閉じたタイミングで、部屋の扉が叩かれる。

「入っていいぞ」

名乗りがある前にヴェルムドールがそう促すと、扉が開き、ナナルスが一礼して入室してきた。

「失礼いたします。魔王様、サイラス帝国からの返事が届きました」

「む、そうか」

ナナルスの差し出す封書を受け取り、ヴェルムドールはそれを開く。

中に入っていた文書の内容は、外交文書としてはこれ以上ないほどに簡潔だった。

「……友好条約についてはともかく、こちらと会うそうだ」

「場所は、やはりサイラス帝国ですか？」

「ああ。こちらに招待してもいいと書いたんだが……まあ、来るわけがないな。一番安全な場所を選ぶのは道理だろう」

ヴェルムドールの言葉に、ナナルスは頷いた。

当然の選択だ。魔王と名乗っている相手の懐に自ら飛び込む程、人類と魔族の間の溝は浅くない。

しかし、問題なのは次の文言だった。

「で、第一回会合の開催にあたっては、代表団を寄越して欲しいそうだ。サイラス帝国側も重臣を中心とした代表団を構成し会合に臨む……とのことだ。ナナルス、これをどう見る？」

「魔王様には来ないで欲しい、ということでしょうな」

アッサリと答えるナナルスに、ヴェルムドールはやはりかと頷く。

「まあ、当然の要求だろうな。俺を警戒しないほうがおかしい。これについては仕方あるまい。さて、他には……ふむ。第一回の会合は歓迎会を兼ねて我が国の誇る大型船グレスレータで執り行う……か。これも言葉通りではないな」

「ええ。万が一の場合の被害を想定しているのでしょう。一般市民や皇帝に影響が及ぶより、船一隻を犠牲にしたほうがよいという判断なのでしょうな」

下手に何処《どこ》かの街で会合を実施して、その街が消し飛んでは大惨事だ。

勿論《もちろん》、そんなことはしないが、相手からすれば、その可能性を排除するのは重要なことである。

だからといって、何処《どこ》かの荒野でやるわけにもいかない。あまりにも辺鄙《へんぴ》な場所を指定すると、外交上の非礼にあたる。国と国の交渉である以上、それなりの場所でやるのは最低限の礼儀だ。そうした条件をクリアするのが、その大型船ということだろう。

「さて……こうなると俺は行くわけにはいかんが、誰を選んだものかな」

ヴェルムドールは手紙を机に放り出し、考える。

一番隙がないのはイチカだが、イチカには役職がない。護衛としてならともかく、外交の場には相応《ふさわ》しくないだろう。適当な役職を与えて送り出してもいいのだが、そうして取り繕ったことは、何処《どこ》かで破綻する。そうなると、イチカという選択肢はなしだ。

次に隙が少なく弁も立つのは、ロクナである。役職は図書館守護にして相談役。実質大臣のようなものだ。となれば、ロクナは確定である。

代表団というからには、他の者をつける必要もある。此処《ここ》も慎重に選ばなければならない。

「一番いいのは、こっちの風習にも慣れてるお前なんだがな……」

ヴェルムドールがナナルスに視線を送ると、ナナルスは首を横に振ってみせた。

「恐れながら魔王様。先方はザダーク王国の政治状況や層の厚さについても見るつもりでしょう。私を送り込めば、文官の層が薄い……ひいては独裁国家か、まともな政治形態をもたぬ形だけの国と侮《あなど》られる危険性がございます」

「ふむ、そうか。なるほどな……」

「文官と軍人を半々にするのがよろしいかと存じます。どちらにおいても我が国が優秀な人材を揃えているというアピールになります」

軍人となると、ファイネルを除く四方将《しほうしょう》のうちの誰かだ。

ラクターは本気を出せば役目を全《まっと》うするだろうが、最大戦力のラクターを国外に出すのはあまり良くない。となると、サンクリードかアルテジオが適役か。

「……待てよ、そういえば」

アルテジオには、マルグレッテというメタリオとシルフィドのハーフの妻がいるのだから、メタリオの風習などにもある程度詳しいはずだ。

何かの拍子にその話題が出れば、魔族と人類の融和の可能性を考えさせるきっかけになるかもしれない。とはいえ、そこまでアルテジオに強要するつもりはないので、これは単なる思いつきだが。

問題があるとすればアルテジオが外れると重要政務が大分滞ることだ。しかし、それはヴェルムドールが代行すれば問題ない。

ロクナの業務もヴェルムドールが代行する必要がありそうだが、最悪、イクスラースにでも手伝わせれば済む話だろう。アレは実際は優秀なのだから、使わない手はない。

「ロクナと、アルテジオ。これで二人か……。さて、あとは誰にするか……」

「あとは補佐でもよろしいと思いますよ。何も全員が重鎮である必要はないかと」

ナナルスの助言を受け、ヴェルムドールは考える。

補佐であれば、各軍から副官級の誰かを出せばよいかもしれない。

「……」

そういえばマルグレッテは北方軍所属で、役職は魔王軍鍛冶統括役……だったはずだ。

鍛冶師の聖域とも言われるサイラス帝国への代表団の一人としては、最適なのではないだろうか。

「マルグレッテ。これで三人……そうだな。あと二人、といったところか？」

悩むヴェルムドールは、退屈そうな表情を隠そうともしないニノに視線を向ける。

「ニノ。お前は誰か適当な奴を思いつくか？」

「ファイネル以外」

「まあ、そうだろうな」

苦笑交じりにヴェルムドールが答えると、扉の向こうでガタッという音が響いた。

続けて響く走り去るような音を耳にして、ヴェルムドールはナナルスに視線を向ける。

「……そういえば、本日はファイネル様がルーティ様のもとに遊びにいらっしゃると伺っておりましたが」

「……そうか。困ったな」

今すぐ追いかけて何かフォローするべきだろう。

立ち上がったヴェルムドールに、ナナルスが棚からバスケットを取り出し、差し出した。

「ファイネル様のお気に入りのクッキーです。この前美味しかったとおっしゃってましたので、用意しておきました」

「そうか。助かる」

「魔王様の指示で用意したことになさいますよう。あの方は単純……もとい、非常に切り替えの早い方ですので、普段の活躍を労《ねぎら》う言葉を付け加えるのもよろしいかと。まあ、この後は高確率でルーティ様の部屋に駆け込むでしょうから、直接お訪ねするのがよいでしょう」

「……そ、そうか」

たぶんその通りだろうな……と思いながら、ヴェルムドールは転移魔法を起動する。

この後ナナルスの助言通りに行動したことで、ファイネルの機嫌はすっかり直り、ヴェルムドールは安堵したのだった。

30

メタリオは、鉱人族とも呼ばれる人類の一種族である。

身長は成人でも低いが、力は非常に強く、他種族よりも体力がある。手先も器用で寿命も比較的長く、その種族的特長から何らかの職人の道を窮《きわ》めようとする者が多い。

そんな彼等が集うサイラス帝国もまた、独特の文化を持っている。

特筆すべきは、ほとんど敬語を使わないという点だ。たとえ皇帝相手であろうとも、友人や家族と接するような普段の口調を貫く。

これは、サイラス帝国の建国の歴史が関係している。

メタリオ達は本来自由を好む種族で、元々は国も身分制度もなかった。だから敬語を使う習慣もなく、それは国になった今でも変わらない。

そんなメタリオが何故国を興《おこ》したのかといえば、彼等はその才能故《ゆえ》に悪人に狙われることが多く、自衛のためにそうせざるを得なかったからである。

そんなマルグレッテの解説を聞き、ロクナは、ふむと腕を組んだ。

「んー。つまり、自分達を守るために国を作った。その際、より強力な国のほうがいいってことで帝国になった。でも、元々自由を好む種族で身分がなかったから、敬語を使わないってこと？」

「そうですね、まあ……単純に身分制度に価値を見出さない人も多いですから。自分が認めた人以外には敬語を使わないことも多いようです。国になってからは外交っていうものがあるので、どうしても必要な場合は敬語を使ってるみたいですけど」

外交官の条件は敬語ができることですからね、と言って、マルグレッテは苦笑する。

サイラス帝国との初会談の三日前にあたる今日、代表団に選ばれたメンバーは、魔王城の会議室でマルグレッテからメタリオについて講義を受けていた。

集まった面々は、まずマルグレッテと、その隣に座るアルテジオ、ロクナ。

そして不満そうな顔のアルム、最後に、困ったような笑みを浮かべるルモンであった。

アルムとルモンは東方軍からの選出であるが、これには理由がある。

東方軍は他軍に比べれば業務量的に余裕があり、人を出しても問題ない。また冗談を解する柔らかい頭を持ち、人当たりの良い者が多い。つまり、交渉事に向いている人材が豊富だ。

だから東方軍から選出しようということになり、アルムとルモンが選ばれたのである。

この二人はヴェルムドールとファイネルの話し合いで決定されたのだが、それはアルム達がヴェルムドールとファイネルの両方に直接面識があったからでもある。

「自分が認めた人にはメタリオも敬語使うって話だけど、その認める……ってのは、どんな条件なの？　つーか、アンタは敬語使ってるわよね」

「私はハーフですし。そのぅ……まあ、覚えざるを得ない状況にいましたし」

えへへ、と力なく笑うマルグレッテを、アルテジオが心配そうな目で見る。これには、マルグレッテが故郷を捨てて暗黒大陸へと流れ着くまでの事情が絡んでいるのだ。

そのことをロクナは何となく察し、コホンと咳払いをする。

「あー、ごめん。アンタのことに立ち入るつもりじゃないのよ。認める条件のほうだけ教えてちょうだい」

「いえ、いいんです。えっとですね、基本的にメタリオは実力主義なんです。認められるだけの何らかの力を見せればいいんです、基本的には」

やけに「基本的には」と強調されるが、ロクナは例外もあるのだろうと思って流した。

「ふーん……あんた等は何か質問ある？」

そう言ってロクナがアルムとルモンの二人に視線を向けると、ルモンはそれを受け流し、アルムに話を振った。

「どうですか、アルムさん。何かあります？」

「そう言われてものう。わし、やる気ないのじゃ」

「だそうです」

「だそうです、じゃねーわよ。本番でその態度だったら海に突き落とすわよ」

ロクナが睨《にら》み付けると、ルモンは仕方なさそうにアルムへ何事かをボソボソと呟く。

「……それは誠か？　嘘をついたら……」

「嘘なんかつきませんよ。実はこの前の話なんですがね……」

ルモンがアルムの耳元に何かを囁《ささや》くたびに、アルムの目が輝きを増していく。

「なるほど、確かに言われてみればそうなのじゃ。ふふ。そうと決まれば今すぐに……」

「っと！　今回の仕事が終わってからにしてください！」

ルモンが、椅子を蹴り倒すような勢いで立ち上がろうとするアルムを押さえると、アルムは仕方なさそうに椅子に座り直した。

その様子を他の面々は不審そうに見ていたが、次にアルムが口にした言葉を聞き、感心したような表情に変わる。

「そうですのう……聞いた話から考えるに、今回の交渉は実利の駆け引きが中心になると思うのじゃが、こちらから何を提供できるのか、どこまで譲歩してよいのかは決まっておりますかのう？」

確かに、今回の交渉はアルムの予想する通りに進むだろう。

ヴェルムドールもそれは想定済みで、すでにロクナとの打ち合わせを終えていた。

「まあね。ヴェルっちから一応の権限も預かってきてるわ。こちらから提供可能なものとして推すのは、ウチの特産品である血鋼《ブラッドメタル》ね。魔族の使う金属っていうイメージがあるのとクセが強いのを除けば、アレは聖銀に勝るとも劣らない最高級の金属よ。しかも、暗黒大陸以外では採れないっていうのも確認してる。サイラス帝国が鍛冶師の多い国だっていうんなら充分なメリットになるはずよ」

血鋼《ブラッドメタル》は暗黒大陸で最もよく採れる金属であり、ジオル森王国にも少量だが輸出されている。

魔力との親和性が高く、比較的加工もしやすい。

しかし唯一の弱点は、クセが強すぎることだ。見た目にも分かる血鋼《ブラッドメタル》の特徴は「赤い」ことだが、他の金属と混ぜても漏れなく血鋼《ブラッドメタル》の赤が出てしまう。血を想起させるその色は、人類には特に忌避される傾向があった。

色さえ許容できれば、ロクナの言った通り、最高級の素材である。

「なるほどのう。しかし、恐らく相手はそれを最低ラインに据えてきますぞ？」

「まあ、そうでしょうね。物流が一方通行でない以上、向こうから入ってくるものもあるし。でも、初回の会談でそこまでやるかしら？」

ロクナの言葉に、アルムはニヤリと笑みを浮かべてみせる。

「初手で無茶な要求を投げて相手の反応を見る……というやり方もありますしのう。我等にしかない技術の供与あたりを持ちかけてくるやもしれませんぞ？」

「人類になくて私等にあるもの？」

ロクナはいくつか選択肢を思い浮かべ、一つずつ消していく。

有力なのは魔法技術だろう。その中で人類が特に欲しがりそうなものは何か。

それを考え……ロクナは、一つの可能性に思い当たる。

「あー……転移魔法かあ」

「ま、そんなところでしょうな」

提供することなど、あまりにもあり得なくて、むしろ選択肢から外しそうになったものだ。

「無理でしょ」

「無理ですなあ」

ロクナとアルムはそう言ってカラカラと笑う。

「ま、向こうが要求してきたら無理だってことを教えてあげるべきね」

「そうですなあ。流石《さすが》に理由を聞けば諦めざるを得ないでしょうしな」

ロクナはアルムと頷き合い、そして今度はルモンに視線を向ける。

「で、アンタは？　何かメタリオとか会談について質問ないの？」

「うーん、そうですねえ……」

ルモンはしばらく考え込むと、思いついたように口を開く。

「ああ、そうだ。以前メタリオの船がこの大陸に漂着した事件があったと聞いたんですが。あれ、結局どうなったんですか？」

「旅立ったわよ」

冷たいロクナの言葉に、ルモンはそうですか、と言って口を閉じた。

それ以上は聞くな、と言っているのがよく分かったからだ。

「いいかしら。あの船は、あたし達を恐れて何も告げぬままに旅立った。それが公式記録よ。覚えておきなさい」

「ええ、承知しました」

そう、暗黒大陸の西方の地に漂着したボルキオ達の船は、旅立ったのだ。

何処《どこ》へ旅立ったのかをさておけば、それ自体に嘘も誤魔化しもない。

手を差し伸べたヴェルムドールを裏切り、彼等は旅立った――事実としては、それだけだ。

「……他に何かあるかしら？」

「ならば、一つ」

そこで、アルテジオが口を開く。

「今回の会談が決裂した場合の対応は如何《いか》に？」

「決裂させるなと、ヴェルっちは仰せよ」

相手は最大限に警戒している。その警戒を超えて強硬手段をとるのは簡単だ。

やろうとすれば、船ごと沈めることだってできる。

しかし、それをするなとヴェルムドールは言っているのだ。

「いいかしら。あたし達の目的は二つ。向こうの目的と出方を探ること。そして、トップ会談実現までの道筋を作ること。失敗なんてあたしが許さないわ」

ロクナはそう言うと、全員の顔を静かに見回すのだった。

31

船とは、大雑把に言えば水の上に浮かび移動する物の総称である。

一人や二人で乗る小型船や、漁師などが使う中型船までなら、どの国でも造ることができる。

しかし、サイラス帝国でしか造れない船がある。それが大型船と呼ばれる、数十人もの人が乗れる巨大な船だ。大型船が他国で造れないのは、中型船以上の船を造る技術がサイラス帝国にしかないからである。

そもそもサイラス帝国以外の国では、船を輸送や遠路の交通手段とするという発想がなかった。

それは何故かというと、『最果ての海』のせいである。

サイラス帝国から中型船の技術が伝わる以前からも、各国には川を渡るための小型船は存在していた。そして一部の好奇心旺盛な者が小型船で海を渡ろうとしたことで、常に荒れ狂う『最果ての海』の存在が発覚したのだ。

それ以降、小型船で『最果ての海』を渡ろうとする度胸のある者はほぼおらず、中型船が伝わった後も変わらなかった。何しろ、『最果ての海』に近づくだけで船が不安定になってしまうのだ。いざその領域に入ったら何が起こるか、知れたものではない。

では大型船ならどうかというと、その技術をもつサイラス帝国は試したことすらないという。船の建造には時間も金もかかるのだから、当然と言えば当然である。

こうして船は川や湖、そして海岸沿いを航行するモノとなったのだった。

もっとも、それが無意味というわけではない。海には陸路と違って盗賊が出ないし、サイラス帝国の大型船に対抗できる船などないため、海上で何者かに襲撃されることもない。

おまけに、大型船であればサイラス帝国の船であると分かるのだ。サイラス帝国そのものを敵に回そうとする者などいるはずもなく、海路は陸路よりも安全なものとして認識されていた。

「で、私がいた当時最大の港がポストル港だったんですが……」

一気に説明を終えると、マルグレッテはふうと息を吐く。

今マルグレッテをはじめとするザダーク王国代表団がいるのは、ポストル港町に存在する宿屋のうちの一軒だ。

この町で最大の宿屋をサイラス帝国がザダーク王国代表団のために借り切っており、実際の会談は明日行われる。

実は、今回は国同士の正式な会談ではあるが、公的には存在しないことになっている。

だからサイラス帝国側の出迎えなどもなく、向こうからは地図だけが送られてきて、この宿に直接来るよう通達された。

空間転移を期待しての指定だったようだが、実際はサイラス帝国内にザダーク王国の諜報員がいなければ、到着は難しかっただろう。

「……寂れているというわけではないですが、少々寂しいところですね」

全員の思いを代弁するかのように、アルテジオがポツリと呟いた。

マルグレッテの知っている当時――百年以上前は、ポストルは最大の港であり港町だったのだろう。その面影はある。

しかしながら、今でもそうかと言われれば少々疑問符がつく。

この「最大の宿」も立派ではあるものの多少古びている印象があるし、町を見ても人の行き来がそれ程多くないのだ。

「百年も経てば人も場所も変わる。そういうことですかのう」

「かもしれませんね。でもほら、アレを見てくださいよ」

ルモンが開け放たれた窓の外を指すと、全員の視線がアレ――港に停泊した大型船に向けられる。

港に臨むこの宿から見える大型船グレスレータは、確かに「大型船」と呼ぶのに相応《ふさわ》しい大きさだった。

ロクナはこの大きさの船を見るのは二回目だが、大型船を初めて見るアルムやアルテジオは物珍しそうな視線を船に向けている。

「あの船がどうかしたの？」

「いえ、船というより港ですね」

ルモンに言われて、全員が港を見た。

この部屋からは港が一望できるのだが、ロクナはその港の様子に違和感を抱く。

「……他の船がないわね」

「でしょう？」

そう、グレスレータの威容で気づかなかったが、ポストル港に他の船が一つもない。

「港町なのに船がない。はてさて、どういうことなんでしょうね？」

ポストル港の入り口にはサイラス帝国の兵士と思われる者達が立っており、物々しい雰囲気を漂わせている。

「まあ……普通に考えれば、港も借り切ったんでしょう」

「……なるほど。港町は船あってこそ。港を借り切っている状況では、人の流れも止まるってことね」

アルテジオの言葉に、ロクナも同意した。

港町は、船の出入りがあってこそ賑わう。船が停泊できない状態では当然、その分の人の流れもなくなる、のだが。

「うーん、でも。納得いかないわね」

そう呟くと、ロクナはアルテジオに目を向けた。

その視線の意味を察し、アルテジオは頷く。

「大丈夫ですよ。付近に他の気配はありません」

「そう。ならツヴァイ、出てきなさい」

ロクナが手を叩くと、開いている窓から一羽の黒鳥が飛び込んでくる。

その黒鳥は短く鳴くと、部屋の隅へと飛んで行き、そこで一人の黒装束の男へと姿を変えた。

「ツヴァイ、ただいま参りました。御用をお伺いします」

「この町の状況について簡潔に説明なさい」

「ハッ。この町に停泊していた全ての船は現在、隣の港町アルレブルに移動しております」

アルレブル、と聞いてマルグレッテが疑問符を浮かべる。

そんな港町の名前は聞いたことがなかったのだ。

「アルレブルは、二十年ほど前にできた町です。このポストル港町の各施設の老朽化に伴い造られた町で、現在はサイラス帝国最大の港町として機能しております」

「ふーん。なら、この町の意味は？」

「ハッ。大型船はともかく、小型船と中型船の航行可能距離は短いため、それらの中継港として利用されております。この町の施設も、現在ではほとんどが宿屋か旅の道具を売る店です」

なるほど、それならば人がいないのも納得がいく。

客が来ないならば、宿屋も道具屋も営業する必要がない。恐らく、会談前日の今日と明日はほぼ開店休業のようなものだろう。

「店には、こちらに不審を抱かせないように形だけでも営業するようにと通達されています」

「ふーん、そう。で、向こうの代表団は？」

ロクナの質問に、ツヴァイは首を横に振る。

「いるのは確かですが、恐らくは船の中かと」

「恐らくって何よ」

「船が到着したのは昨日ですが、先方の代表団は船から出てきておりません」

その報告に、アルテジオが訝《いぶか》しげな顔をする。

「どういうことですか？」

「数日前より、町の兵士に、不審者にいつも以上に警戒せよという命令が出ています。特にメタリオ以外の者に気をつけるように……と。町の入り口も、兵士が厳重に固めております」

他国の諜報員を警戒しているのだろう。サイラス帝国にしてみれば、魔族の国との会談を他国に知られるわけにはいかない。

「つーか、そんなことしたら、この町の住民が怪しむんじゃないの？」

「いえ。すでに住民には『大型船グレスレータの航行試験を執り行う。該当期間内は警備を行うため、不用意な行動をとらないように。民間船はアルレブル港へ移動せよ』と通達されております」

「航行試験、ですか……」

アルテジオがそう呟く。

つまり、あの船は最新型ということなのだろう。確かにそれならば、普段以上に警備が厳重なことの理由になる。

「……結構機転がきくわね。皇帝が考えたのかしら」

だとすると、意外にやりにくそうな相手だ。

もし皇帝ではなく側近が考えたとすれば、その相手は明日の会談にも出張ってくる可能性がある。

いずれにしても、一筋縄ではいかないようだ。

32

リリリリリ……と、何かの虫の鳴き声が聞こえる。

夜空に見えるのは、三日月。僅《わず》かに浮かぶ雲は夜空の色に染まり、静かに流れていく。

瞬く星は、どれだけの時間をかければ数え切れるだろうか。

此処《ここ》にあるのは、暗黒大陸にはない夜空。

宝石箱のようなそれは、ただ美しくて……ゆっくりと、手を伸ばす。

「……何、してるんですか？」

夜空に手を伸ばしていたルモンは、背後からかけられた声に驚き、慌てて手を引っ込める。

笑顔を貼り付けて振り向くと、声の主は宿の屋根の端からピョコンと顔を出した、マルグレッテだった。

「……いえ、その。貴女《あなた》こそ何を？」

ルモンがいるのは、ザダーク王国代表団用に貸し切られた宿屋の屋根の上である。

屋根は平らではあるが、此処《ここ》に続く階段や梯子《はしご》などはなく、窓から出て登ってくるしかない。

マルグレッテは四苦八苦しながら屋根の縁を上り、上がりきると同時に屋根に転がった。そして、ガバッと起き上がる。

「星が見たくて。で、上がってきちゃいました」

「なるほど」

短く頷いて、ルモンは再び夜空を見上げる。

「……星を見るのって、久しぶりです」

ルモンの隣に座ったマルグレッテも、夜空を眺めてそう呟いた。

「そうなんですか」

「ええ、暗黒大陸だと……星、見えないですからね」

それを聞いたルモンは、そういえばマルグレッテはこの国の生まれだったはずだと思い出す。

マルグレッテにとっては、久々の里帰りということになるのだろうか。

「どうですか、久々に帰ってきてみて」

「んー……此処《ここ》は私の故郷とはちょっと離れてるから、何とも言えませんけど」

マルグレッテは複雑な笑みを浮かべた。

「何でしょうね、思ったよりは悲しくないし、かと言って嬉しくもないんです」

その言葉に、ルモンは答えない。いや、何と答えればいいか分からなかったのだ。

「けれど、故郷なんですよね？」

「ええ、故郷です」

でも、と言ってマルグレッテは悲しそうな顔で笑う。

「私、この国に良い思い出……ないですから」

マルグレッテは故郷を捨てた身だ。

暗黒大陸に流れ着いて、もう二度と戻ることはないと思っていた場所。もう見ることなどないと思っていた夜空。

そこには、思っていたほどの感動はない。

「そうですか」

「そうなんです」

そう言って、二人は夜空を見上げる。

訪れる、少しの沈黙。

それを破ったのは、ルモンだった。

「……マルグレッテさんは、どうして暗黒大陸に来たんですか？」

「え？」

「言いたくなければ構いませんよ。単なる興味ですから」

夜空から目を離さぬまま問いかけるルモンの横顔を眺めながら、マルグレッテは悩むような顔をした。そしてしばらくして、ルモンと同じように星空に目を向ける。

「……裏切られたからですよ」

長い沈黙の後、マルグレッテはポツリと呟いた。

そしてマルグレッテは、一つの物語を語りだす。

それはありふれた、何処《どこ》にでもある安っぽい悲劇のストーリーだ。

メタリオの仲間にもシルフィドの仲間にも入れないハーフの少女。そんな自分を理解してくれていると、そう信じられる人が彼女にもいた。心を通わせ、その人さえいれば生きていけると思っていたのだ。

しかし、その全ては少女を嘲笑《あざわら》うために仕組まれた幻だった。

ただそれだけの、よくある話である。

「……そして少女は、小さな船で最果ての海へと漕ぎ出しました。シルフィドでもメタリオでもない。そんな何者かも分からない自分でも、お話に聞いた闇の国にならば、居場所があるかもしれない。そう考えた少女は港を出発し、最果ての海に呑み込まれて消えました」

マルグレッテはそこで一度言葉を切り、深呼吸をして声を明るくした。

「その少女は暗黒大陸に流れ着いて、一人の素敵な魔族に拾われました。クールな眼差しのその人に、少女は恋をしました」

その魔族のほうは、少女のことを珍しいペットか何かくらいにしか思っていなかった。

けれど、少女は精一杯のアピールをした。自分にできる全てを、魔族へとぶつけたのだ。

「色々ありました。剣魔のバカがやってきてグラムフィア様のお嫁さんにされそうになったり、少女の鍛冶の腕を見込んだ魔族が攫《さら》いに来たりしました」

「……」

「色んな苦難を乗り越えて、少女と魔族は結ばれました。めでたしめでたし」

それがマルグレッテの物語なのだろう。

その話の中に、ルモンは愚かしい真実を見出す。

今、このシュタイア大陸には亜人論というものがある。人間以外の人類――シルフィドやメタリオ、獣人達――は、魔族と同様、命の神フィリアの意志に反した異端の存在であると主張するものだ。人間至高論と言い換えてもいい亜人論は、人類の中における人間の傲慢さを示しているようにも思える。

しかし、それは今に始まったことではない。似たような話は何処《どこ》にでも転がっていて、ただ、それが世界を巻き込む論争にまで発展しなかっただけなのだ。

では、魔族は――いや、魔王グラムフィアはどうだったのか。

暗黒大陸にない文化を持つ多様な種族を数多く拉致した魔王グラムフィアに、同じような人類に対する根拠のない優越感がなかったと言えるだろうか。

「……そうか。だから、なんだな。だから……」

呟くルモンを、マルグレッテは不思議そうな顔で見た。

しかし、すぐにルモンの腰へと目を向ける。そこにある一本の黒い剣を見て、マルグレッテの目がキラリと光った。

「あの、ルモンさん」

「へ？」

考え事をしていたルモンは、マルグレッテの呼びかけに間の抜けた声を返す。

そしてマルグレッテの顔を見て、そのキラキラした目にギョッとした。

どうしたんですか、とルモンが言う前に、マルグレッテが口を開く。

「その腰の剣……見せていただけませんかっ⁉」

ルモンの剣は、かつて黒騎士クロードが持っていたものだ。

名前は、黒剣ヴェルガン。魔力を流し込むことでその形態を変化させられる——能力としてはそれだけなのだが、ルモンには非常に合っていた。

偶然手に入れたものだが、今となっては手放すつもりがないほど気に入っている。

はっきり言えば、あまり他人に触らせたくないのだが、しかし断るのに丁度いい理由も見つからない。

「え、えーと……この剣が何か？」

仕方なく、ルモンはそう言って誤魔化そうとした。

「なんだか、とっても面白い気配がします！　見せてくださいませんかっ⁉」

「け、気配……ですか」

「はい！」

先程までの雰囲気は何処《どこ》へやら、である。

ルモンとしても、マルグレッテの身の上話を聞いてしまった手前、一つくらいなら彼女の言うことを聞いてもいいという気もしていた。

少し悩むと、ルモンは鞘《さや》ごと剣を外してマルグレッテに渡す。

「わあ、ありがとうございます！」

嬉しそうにルモンから剣を受け取ると、マルグレッテはふむふむと頷きながら柄の装飾を調べ始める。やがて剣を引き抜いて刀身も調べ出し……突然、顔をあげた。

「あのー」

「はい、何でしょう？」

今度は何だろう、とルモンは苦笑する。

「この剣って、何処《どこ》で手に入れました？」

「え？」

「なんだか、イクスラースさんの騎士さん達の武器と造り方が似てます。同じ人が造ったたって言われても納得しちゃうくらいです」

まさにその通りだ。しかし、ちょっと見ただけでそんなことに気づくとは予想外だった。

ルモンはマルグレッテの能力の高さに驚きつつも、笑顔で答える。

「そうですね。イクスラースさんの部下だった黒騎士とかいう人が持ってたものですから、似ていて当然かもしれません」

隠すことでもないので正直に答えると、マルグレッテは納得したように頷く。

「なるほどぉ……うーん。でも不思議な作りだなあ……製法も謎だけど、何か普通の剣と違うんだよねえ……何だろう、変な機能を組み込んである気がする……」

またまた正解である。この剣には、変形機能が組み込まれているのだ。

「うーん……あのルモンさん。これ二、三日預かっても……」

「え、駄目ですよ。僕、丸腰になっちゃうじゃないですか」

「できれば代わりの剣あげるんで、これを私にくださると嬉しいんですけど」

「ますます駄目ですよ。もう、返してください」

「そんなこと言わず。これじっくり調べたら、同じモノが造れるかもしれませんよ？」

少しうっとりした目で剣を見るマルグレッテ。

ルモンはその手からヒョイと剣を取り上げると、再び腰に差した。

「もう、駄目ですってば。何なら、青い人のを一本貰えばいいじゃないですか。二本も持ってるんですから」

「むむ、いい考えですけど。もう断られちゃってるんですよねえ。主より賜りし剣は騎士の誇りだから一、って」

残念そうに口を尖らせたマルグレッテはルモンの正面に回り、かわいらしく首を傾《かし》げてみせる。

「だから……ね？　ルモンさん、鍛冶技術の発展に貢献してみません？」

「僕、鍛冶師じゃないんでそういうのはちょっと……」

「そう言わず、ね？」

「いやあ……」

「ねぇねぇ、ルモンさーん」

ルモンの袖を引っ張るマルグレッテに、ルモンは困ったような顔をして目を逸らす。

その逸らした先にある顔を見て、ピタリと動きを止めた。

「いないと思ったら、何やってるんですか貴方《あなた》達は……」

「……アルテジオさん、丁度良かった。助けてください」

渋い顔で溜息をつくアルテジオに、ルモンはそんな言葉を口にしたのだった。

33

大型船グレスレータは、サイラス帝国の誇る最新にして最大の船である。

そして同時に、サイラス帝国の最新技術の詰まった機密の塊でもある。

外交官ボルキオ達の乗っていた船が行方不明になった一件を受けて、このグレスレータには多数の弓兵や魔法兵が配備されていた。

そんな杖や弓を構えた兵士達が居並ぶ船へと乗り込んだロクナ達は、堂々とした様子で船内の通路を歩いていく。

これはザダーク王国の代表団として相応《ふさわ》しい態度をとっているというのもあるが、たとえば全てが罠で、弓兵や魔法兵達が襲ってきたとしても、自分達の敵ではないという自信があるからでもあった。

「こちらです」

「はい、ありがとと」

案内されて行き着いた場所は、船の内部中央近くと思われる部屋の扉の前だった。

両側に立つ重装兵が鎧の音を立てて敬礼すると、先頭に立つロクナも適当に手を振って返す。

それを合図に扉が開かれ、そして部屋の内部が見えた。

中央にはテーブルがあり、サイラス帝国の代表団と思われる人々がすでに勢揃いしている。

まず、真ん中の席に比較的高齢のメタリオの文官と思われる男。

その両脇を固めるのは、眼光鋭い二人のメタリオ。

右端には、書記官と思われる若いメタリオ。

そして、左端――そこに座っている女性を見て、最初に反応したのはアルテジオだった。

メタリオにしては身長の高い、どちらかといえば人間に近い女性である。

乱雑に切られた白髪に、獣のように鋭く赤い目。折角の整った顔も、その野獣じみた雰囲気が台なしにしてしまっている。

その女性はアルテジオの視線に気づき、面白そうにニイと笑った。

しかし、その女性が言葉を発する前に、真ん中の老人が咳払いをした。老人は立ち上がり、静かな口調で語り始める。

「……ようこそ、おいでくださいました。私はサイラス帝国にて銀の第三席を預かっております、トルクレスタでございます。さあ、どうぞ席へ」

いきなり敬語で挨拶され、ロクナは目を丸くする。

メタリオの常識に照らし合わせれば、外交の席とはいえ、最初から敬語を使われることはないだろうと予測していたのだ。

そのロクナの反応を見て、トルクレスタは穏やかな笑みを浮かべた。

「その様子だと、私達の文化についてはご存知のようですね。しかしながら、外交において必要とされるものを欠く程、礼儀知らずではございません。この場にいるのは、敬語のできるものばかり。ご安心ください」

なるほど、とロクナは思う。

今の発言は、牽制《けんせい》だ。このトルクレスタという男は今、言葉の裏にこういう意味を込めたのだ。

我々はそちらの必要とするものを用意する。だから、そちらも我々の必要とするものを提供すべきだ。それが外交の礼儀である……と。

だから、ロクナもこう返す。

「お心遣い痛み入ります。されど、文化は大切にされるべきもの。これから友好を結ぼうという仲であれば、互いを尊重しあう関係でありたいものですね」

こちらは無理を言うつもりはない。そちらも無理を言うなよ、と。

互いに微笑みを浮かべ、ロクナはトルクレスタの正面に座った。

「ああ、申し遅れました。私はザダーク王国、相談役のロクナ。本日は、良いお話ができることを期待しております」

「ええ、お互いに良き日となることを私も祈っております」

笑顔で睨《にら》み合う二人。

そんな水面下のやり取りをしながら、互いの代表団は自己紹介を済ませていく。

まず、サイラス帝国代表団の総代表は銀の第三席、トルクレスタ。

鋼の第二席、バルトロイ。

銅の第七席、エイルハルト。

鉄の第四席、メルメリス。

ここでいう「鉄」や「銀」というのは、サイラス帝国での職分と地位を示している。

「銀」は、サイラス帝国での皇帝に次ぐ権力を持つ「御前会議」のメンバーの証だ。全部で八人いるうちの第三席であるトルクレスタは、かなりの権力者である。

「銅」は、その御前会議の下位に位置する文官を指す。

また、「鋼」はサイラス帝国軍所属ということで、その第二席というのは副将軍である。

「鉄」はサイラス帝国の根幹を支える各種技術者を意味する。その第四席というのは、それなりの決定権を持つ立場だ。

つまり、この四人はそれなりの権力と裁量権を持ったメンバーだということである。

しかし、その四人よりも、最後の一人の自己紹介に全員の注目が集まった。

「……ブレードマスター・アゾート。よろしくな」

「ブレードマスター」という単語に、ロクナは聞き覚えがあった。

そう、確か——ブレードマスター・デューク。

サイラス帝国出身の勇者リューヤの仲間が、そんな名前ではなかっただろうか。

「ブレードマスター、ね。お知り合いにデュークという方がいらっしゃるかしら？」

「ああ、ウチの母さんだ。随分前に死んだけどな」

それを聞いて、ロクナはすっと目を細める。

「失礼ですけれど、ブレードマスター……あー、先代ってことでいいのかしら。先代は百年以上前の方だと認識しておりますが」

「そうだな。母さんはメタリオと人間のハーフだったけど、アタイはそこにさらにシルフィドの血が混ざってる。そっちの血が濃いみたいでね……この年になっても元気だし、見ての通り老化も止まってる。おかげで父さんにシルフィドとの縁談をよく薦められるよ」

まったく敬語を使う気の見えないアゾートに、トルクレスタが額を押さえる。

しかし何も言わないところを見ると、どうやらアゾートのほうが立場が上のようだ。

「あらあら、それはそれは。そういえばジオル森王国の英雄、ルーティ殿も独身だと伺いましたが」

「ああ、ルゥおばさんか。あの人、ロマンチストだからなあ……。アタイはそこまで高望みしてるつもりはないんだけどな」

「そうなのですか？」

「おう。アタイより強い人が好きさ。たとえば、そこの……えーと、アルテジオだっけ？　その人なんか強そうだけど」

そう言われたアルテジオは押し黙り、代わりにロクナが苦笑しながら答える。

「残念ですが、彼は既婚者なので。隣のマルグレッテが夫人です」

マルグレッテは慌てて頭を下げ、そのマルグレッテをアゾートは怪訝そうな目で見る。

「そうだ、気になってたんだよ。見た感じ、あー……マルグレッテさん、は、メタリオの仲間に見えるんだけど」

「そうですね。メタリオとシルフィドのハーフです」

ロクナの返答を聞いたトルクレスタ達がざわめき……しかし、アゾートが机をトンと指で叩くと静かになった。

「ふーん。いつからの付き合いなんだい？」

「貴女《あなた》のお母様の時代からですね」

「そうかい。当時は行方不明者が多かったらしいけど、そのクチかい？」

「違います、と言えば納得しますか？」

ロクナの問いに、アゾートはニヤリと笑ってみせる。

「するさ。当時の帝国は血統主義だったらしいからね。混血に優しくなったのは、母さんのおかげといっても過言じゃあない。それを考えれば……なあ？」

アゾートはそう言って笑うと、ふとその笑みを消す。

「ん？　待てよ、そうなると……もしかして、アタイの母さんと同世代なのか？」

「さあ。あるいはそうかもしれませんけど」

はぐらかすロクナから視線を外し、アゾートはマルグレッテをじっと見る。

どちらかというと子供に近いその身体を、上から下までまじまじと観察した。

「……シルフィドの血が混ざってるのに、どうしてそんなに小さいんだ？」

「……ほっといてください」

むくれるマルグレッテに、アゾートがすまんと謝り、トルクレスタが大きく溜息をつく。

「……そろそろ始めても構いませんかな」

「ええ、勿論《もちろん》。ほどよく場もほぐれましたしね」

そう言って、ロクナは笑った。

34

始める、とはよく言ったものだとロクナは思う。

トルクレスタが今まで黙っていたのには、理由がある。

勿論《もちろん》、アゾートのほうがトルクレスタよりも立場が上ということもあるのだろう。

しかし、それだけではない。

勇者パーティの娘であり相応の実力者と思われるアゾートを好きに振る舞わせることで、こちらにアゾートという人物を強く印象付けたのだ。

その理由は簡単だ。表向きには、勇者に縁のある重要人物を代表団の一人に据えるという歓迎の意思を表しながらも、こちらを――ザダーク王国を警戒していると示してみせたのだ。

「さて、まずは今回の友好条約についてですが……具体的に、どの程度までの関係をお望みなのですか？」

敵ではない国との関係にはいくつかの段階がある。

まずは、不可侵。敵でもなければ味方でもない、付き合いもない関係だ。

次に、交流。貿易や人の行き来が行われる段階で、友好関係にあるといえる状態である。

そして、同盟。これは一番強固な関係であり、目指すべきは此処《ここ》だ。

しかし、それをそのまま口に出すのは愚かなことである。

だからロクナは、こう答える。

「それは勿論《もちろん》、互いの未来のためになる程度のものが望ましいかと」

「……なるほど。これはつまらないことを聞いてしまいましたな」

「いいえ、互いの想いが同じであることを再確認できました。そうでしょう？」

引こうとするトルクレスタに、ロクナは畳み掛ける。

ザダーク王国は「友好関係」を望んではいるものの、下手《したて》に出るつもりはないと伝えたのだ。

しかし、それに素直に頷くほどトルクレスタも馬鹿ではない。

「ふふふ……それでは、それを確固たるものにするための作業を始めましょうか」

そんな答えを返し、身体を揺らした。

ロクナもそれに薄い笑みで返し、早速攻撃を開始する。

「そうですね。ではまず、率直に申し上げましょう」

「ほう？」

「我等ザダーク王国は転移魔法、あるいは転送魔法と呼ばれる移動技術を保有していますが……これは供与が不可能です」

その言葉に、場がざわめき……トルクレスタが、笑みを浮かべたまま口を開く。

「理由をお伺いしても？」

「簡単な話です。魔族でも扱う者が限定されるほど、魔力を消費するからです。失礼ですが……魔族を超える魔力を保有する方が、そちらの国にはおいでですか？」

転移魔法は、非常に複雑で高度な魔法だ。それを構成するためにはどうしても大量の魔力が必要であり、しかもそれは最低条件なのである。

極めて繊細な魔法でもあり、適当に魔法を構成すれば壁の中や土の中、あるいは空中に転移するといったような転送事故が発生するし、上下逆さまに転移して頭から地面に落下したなどという冗談のような実話まである。

そんな危険を伴う魔法の技術を提供し、事故が起きた際に責任を問われても、どうしようもない。

他にも教えられない理由はあるが、分かりやすい理由としては魔力の問題が一番だ。

「……なるほど。魔力量、ですか」

「ええ。あれは我が国でも扱える者が少ないのです。扱いも難しく、資格制度を設けているほどです」

それを聞いたトルクレスタは、納得したような顔をする。

その表情は意外だった。

転移魔法の技術提供を最低条件にしてくるだろうとロクナは考えていたが、そうではないらしい。

「なるほど、理解しました。ところで、そちらの国ではジオル森王国との行き来に転送魔法を使っていると伺いましたが」

「ええ、観光客を運ぶのに使っております」

「我が国とも、同様のことは可能と考えても？」

「今後の関係次第としか言えませんね」

なるほど、と頷くトルクレスタ。

それに笑顔で返しながらも、ロクナはこの糞爺《くそじじい》が……と内心で毒づく。

理由は分からないが、トルクレスタはわざと曖昧《あいまい》な表現を使っている。

たとえば今の「同様のこと」という言葉も、いくつかの解釈が可能だ。

ザダーク王国側から見れば「同様の観光での使用」という意味になる。

しかし、サイラス帝国側から見れば、観光での人の行き来のように、サイラス帝国の者を運んでくれるのか、という意味にとることもできるのだ。

普通に考えれば、サイラス帝国の足になってくれるかなどという意味であるはずがないのだが、明言していない以上、違うとも言い切れない。

思うに、トルクレスタがこんな曖昧《あいまい》な言葉を使う理由は一つ。

この場、そして国内にいる友好反対派を誤解させるための材料だ。

わざとぼかした表現をすることで、友好反対派に自分たちにメリットがあるようなことを想像させ、その夢に浸っている間に地固めをしてしまおうという魂胆なのだろうが……実に迷惑だ。

「まあ、現実的なお話としては……ジオル森王国同様に商取引から始めるのがよいのでは、と考えております」

「ふむ、では噂に聞く血鋼《ブラッドメタル》の取引をしてくださると？」

「血鋼《ブラッドメタル》をご存知でしたか」

「ええ、勿論《もちろん》です。ジオル森王国内で最近僅《わず》かに流通していると聞いておりますが……あれには我が国も多大な関心を寄せております」

鍛冶を最大産業とするサイラス帝国としては、当然の反応である。

しかし、ロクナは多少の引っ掛かりも覚えた。

ひとまず笑みを作りつつ、トルクレスタにこう返す。

「それはよかった。実際に取引を始めるに当たっては品目を調整する必要もあるでしょうが……そちらの望むものを提供できそうで嬉しいです」

「ハハハ、こちらも皇帝に良い報告ができそうです」

話を締めるトルクレスタに、ロクナは再度心の中でこの糞爺《くそじじい》、と毒づく。

まだ、サイラス帝国から提供されるメリットの話が出ていない。

「ところで、そちらからの輸出品目は何をお考えですか？」

「そうですね。我が国の誇る鍛冶生産品を考えておりましたが……具体的にコレ、というのがあれば絞り込めるのですがね」

本当に油断も隙もない爺《じじい》だ、とロクナは笑みを浮かべたまま思う。

最初は、単純に鍛冶生産品を売り込むつもりだったのだろう。

しかし、こちらにマルグレッテがいることで方向性を変えてきたようだ。

どの程度の技術がザダーク王国にあるのかを見極めようとしている。

「さて、具体的にコレというのは、この場では提案しかねますね。現場や国民の要望というものも日々変化しますし、鍋一つとっても国が違えば思わぬ好みの差異もあるやもしれません」

「ふふふ、確かに。では今のところは限定せず、としておきましょうか」

「ええ、それがよろしいかと」

そう言った後で、ロクナは少々反撃に出ることにする。やられっぱなしというのは、どうも性に合わない。

「……それにしても、この『船』というものは面白いですね」

「我が国の自慢ですからな」

「こういったものを品目に加えることは可能ですか？」

「それは……」

そこで、初めてトルクレスタは言いよどむ。

今、ロクナはあえて造船技術を供与しろ、とは言わなかった。船そのものを品目に加えろ、と言ったのだ。

それはつまり技術供与ではなく、あくまで物としての取引であるという宣言でもある。

「……中型船までなら条件次第では可能でしょう。しかし、失礼ですが……」

「最果ての海のことですね。ええ、しかし何も波打ち際まで全て荒れ狂っているというわけでもありません。いくらでも使いようはありますよ」

「……なるほど。持ち帰って検討いたしましょう」

「よろしくお願いします」

ロクナの本音としては船など別にどうでもいいのだが、何事も無駄ということはない。

貰えるものは貰っておけば、いつか役に立つこともあるだろう。

今のザダーク王国には、自国にない発想を取り入れることが何より重要だ。

「では、私からもよろしいですかな」

次に口を開いたのは、バルトロイだ。

彼が発言するということは、軍事的な話をしたいという意味である。

「貴国では、ジオル森王国の国境警備に騎士団を貸し出していると伺いましたが」

「ええ、確かに」

ジオル森王国に魔操鎧《まそうよろい》達を貸し出したのは、友好条約締結の際、ヴェルムドールがジオル森王国の近衛騎士団をちょっとばかり壊滅的な状況に追いやってしまったことで、急遽再編と人員補充が必要になったからである。

国境警備を担った魔操鎧《まそうよろい》達が高い評価を得たことで、現在でも派遣を継続している状況であり、実質的には軍事同盟状態でもあるといえるだろう。

「我が国としては、それにも非常に興味をもっています。そちらでの協力関係も構築できれば……と考えているのですが」

「王に伝えましょう。互いに何処《どこ》まで協力しあえるか、楽しみですね」

「ええ、実に。私個人としては、最低限でも合同訓練くらいは実現したいと考えております」

「あら、それは楽しそうですね」

お前もか、この糞《くそ》親父が。

そんな言葉を呑み込みながら、ロクナは笑みを返す。

つまり、軍事面でザダーク王国の錬度を測りたいと言っているのだ。確かに剣をあわせれば、相手の錬度や剣術レベルも分かるだろう。

「ふふふ」

「ははは」

恐らくはサイラス帝国は技術大国として、他の国とこうしたやり取りを長年続けてきたのだろう。海千山千の強者達とロクナは、笑顔の下で鍔《つば》迫り合いを始めて——そこまで口の上手くないアルテジオ達は、貝のように黙り込むことでそれに協力する。

こうして会談は、少なくとも表面上は和《なご》やかに進んでいったのだった。

35

会談終了後、ロクナ達は船内の一室へと通されていた。

会談が円滑に進み予定よりも早く終了したため、その後に行われる船上パーティまで少し時間が空いてしまったのだ。

普段は士官が使っているのであろう部屋の椅子に座ると、ロクナは大袈裟《おおげさ》なほどに溜息をついた。

「おつかれさまです、ロクナ」

「まったくよ」

アルテジオが労《ねぎら》うと、ロクナはギッと睨《にら》み付ける。

「結局、ほとんどアタシが一人で喋ってたようなもんじゃないの。まったく、こんなんなら無理矢理にでもイチカに役職つけて引っ張ってくりゃよかったわ」

「基本的に僕達魔族って、交渉事は向いてませんからねえ」

「そうですのう。先程の交渉だけで、腹の探りあいが何度あったことか。人類とは、実に面倒臭い生き方をしとりますのう」

ルモンとアルムがアハハと笑いあうのを見て、ロクナは額を押さえる。

「あー……まあ、そうよね。アタシが魔族の中じゃ特殊なのよね。まあ、下手なこと言われるよりは黙ってもらったほうがいいんだけどさ。アンタ達はその辺の空気読んでくれるだけでも優秀だって分かってんのよ、ハァ」

「しかし、先程の交渉。こちらの反応を探る様子こそありましたが、思っていたより無茶な要求はしてきませんでしたな」

「そぉね」

アルムの言葉に、ロクナは頷く。

サイラス帝国側の示してきた条件は、想定していた譲歩の線を大幅に下回るものが多かった。

まずは、互いの関係。これは金属類の商取引から始め、国民感情に配慮しつつ今後の進展を考えることになった。

サイラス帝国は、人類領域でも良質な鉱山を多数抱える国である。鉱石や金属類の取引は森林国家であるジオル森王国では弱い部分であり、ザダーク王国内では現状一つの鉱山でしか産出できない聖銀の取引が特に期待されていた。

次に、技術面。これは現状では具体的な提案ができないので、次回以降の会談に持ち越された。

そして軍事面は、小規模の合同訓練、あるいは演習への相互招待を検討するということで、互いに持ち帰りとなった。

次回の会談についても、今回同様、ジオル森王国を通して調整することに決定している。

どれも想定よりも小さく収まっており、結果だけ見れば拍子抜けする程だった。

「友好はともかく、技術という点では我が国にはマルグレッテがいるのですから、サイラス帝国から輸入すべきものがあるとは思えませんが」

「そんなことないよ、あーちゃん」

アルテジオの意見に、即座にマルグレッテが割り込んだ。

そこはロクナとしても少々思うところがあったので、そのまま視線で続きを促す。

「んーと、ですね。サイラス帝国が技術大国として常に最先端をいくのは、種族全体の向上心が凄まじいからなんです。メタリオには、これと決めたら一生をそれに打ち込むような部分があるんですが……新しい知識も貪欲に吸収します。私がいっぱいいる国って言えば、よく分かっていただけると思うんですけど」

「あはは、なるほど。マルグレッテさんが五人もいれば、それだけで暗黒大陸は数日で狩りつくされそうですね」

茶化すルモンに蹴りを入れながら、ロクナは考える。

なるほど、魔族のノルムを基準に考えていたが、そうではないらしい。

ノルムは鍛冶が得意ではあるが、製作全般に才能をみせる種族だ。そして職人気質であり、凄まじく頑固で偏屈な面もある。

メタリオもそうだと思っていたが、マルグレッテと一緒ということは、もう少し大胆で視野が広いのかもしれない。

「と、とにかくですね。そうしたメタリオの気質によってサイラス帝国は常に最先端であり続けたんです。そしてたぶん、今も同じです。あの部屋の入り口の重装兵の鎧、見ましたか？」

「重そうだったわね」

ロクナが率直な感想を言うと、マルグレッテは頷く。

「そうですね。でもたぶんアレ、うちで造ると重さが倍……とまではいかないかもですけど、相当違ってきますよ」

「ほう」

その言葉に興味をもったのか、アルテジオが身を乗り出す。

「見た目からじゃ分かりにくいですけど、動きが凄くなめらかでした。鎧の一部の材質を変更しているか、特殊な構造か……とにかく、軽量化をしてます。私がいた頃は、あんなものなかったはずです。といっても、まあ……私が知ってるのは、重装という概念自体がまだ出始めた頃でしたけど」

「ふうん？」

「重装」というのは人類特有の概念で、文字通り、重い装備のことを指す。

重いということは、それだけ多くの金属が使われていて、防御力が高いということでもある。

しかし、重ければ当然その分動きにくく、体力が必要になる。

モノによっては一般兵では動けなくなるほどの重量があり、重装とは「理想ではあるが使えない装備」というのが最初期の認識であった。

だからこそ、その尋常ではない体力によって重装鎧を着て走り回るサイラス帝国の重装騎士団は、シュタイア大陸初の重装騎士の実戦投入にして当時最強の戦力を誇っていたのだ。

しかし、今ではジオル森王国にも重装騎士団は存在する。

それはマルグレッテがシュタイア大陸を離れていた間に、重装鎧の製作技術が格段に進歩したことを示している。

そして同時に、それはザダーク王国にはない方向性でもある。

魔族は身軽であることを望む者が多く、そもそもの話でいえば武器防具という概念自体が魔族にはなかった。せいぜい、自分を飾る装身具の感覚で武具を使う者がいるくらいだったのだ。

現在ではノルム製の防具が生まれ、その性能が認知され始めたおかげで、防御のための防具という概念もようやく根付きつつあるが、わざわざ重い装備を身につけようとする者はいない。

マルグレッテはそういったことを一通り説明し、言葉を切った。

「まあ、そうですね。けれど、それは時間が解決するのでは？　僕達魔族の寿命は呆れるほどに長い。今すぐ追いつかなければならないというものでもないでしょう」

ルモンの当然ともいえる意見に、マルグレッテは首を横に振って答える。

「いいえ。たぶんですけど、ザダーク王国と他の国の技術は違う方向に進みます。今がそうであるように、これからもそれは変わりません。断言できます」

「まあ、そうかもしれないわね」

ロクナは頷き、何かを思い出すように遠い目をする。

「そういやあ、いつだったかヴェルっちが言ってたわ。技術は必要に応じて進歩する。必要とされなければ何十年経っても何も変わらないこともある……って」

そう、技術は必要に応じて進歩する。

何も変わらないこともあるし、劇的に変わることもあるだろう。

しかし、進歩するとしても、いつでも何処《どこ》でも同じように変わるとは限らない。

時代、場所、人。一つ違えば、必要とされるものも異なる。

剣一本とってみても、呆れるほど種類があるのだ。それを武器という範囲に広げて考えてみれば、技術の進歩の多様性が理解できる。

「つまり……サイラス帝国の技術は、わし等にとって有益なものであり続ける、と？　買いかぶりではないですかの」

「そうかもしれません。これぱっかりは、私の個人的な意見です」

アルムに対するマルグレッテの返答を聞き、ロクナはふむと頷いて天井を見上げる。

「どっちにしろ、今此処《ここ》で判断すべきことでもないわね。でも、参考になったわ。ありがと」

「え？　は、はい！」

何やらびっくりした顔をしているマルグレッテにチラリと視線を向け、ロクナは再び天井を見上げた。そして、ふと気づいたように辺りを見回す。

「技術っていえば、この船もそうよね」

「確かに。わざわざ水に浮かぶものを造るなど、物好きだとは思っていましたが……これは、移動式の砦のようなものなのですね」

アルテジオも頷き、アルムがつまらなそうに鼻を鳴らす。

「フン、こんなもの。大魔法で簡単に破壊できるではありませんか。しかも、こんな大仰な形で移動可能なのは海岸沿いだけでしたかな？　意味があるとは思えませんのう」

「……しかし、以前その意味のないモノが最果ての海を越えて西方にやってきたのですよ？」

アルテジオの言う通り、以前ボルキオ達を乗せた船は、偶然とはいえ暗黒大陸西方に辿《たど》り着いた。

彼等の船は大きく損傷していたが、それとて、技術の進歩によって克服可能になるかもしれない。

聖竜に頼らずとも、暗黒大陸に人類が到達可能な時代がくるかもしれないのだ。

「技術は必要に応じて進歩する……。だとしたら、この大型船ってやつはどんな必要があって造られたのかしらね」

単純に海を移動するために造られたのか。それとも、何か違う目的か。

サイラス帝国の者に聞いたとしても、答えてはくれないだろう。

そのロクナの思考を中断させるかのように、扉が叩かれる。

「失礼します。準備が整いましたのでお迎えにあがりました」

扉の向こうから聞こえてくる声に、ロクナは再び外交用の笑顔を作る。

考えても仕方のないことだろう。少なくとも、今は。

「さあ、それじゃあ行きましょうか。今日最後のお仕事よ」

36

グレスレータの甲板は、ちょっとしたパーティ会場のようになっていた。

「ちょっとした」というのは、双方の代表団あわせて十名程度しかいないからである。

とはいえ、楽団と思《おぼ》しきものが落ち着いた雰囲気の音楽を奏でているのは、恐らく人類式ではそれらしい光景なのだろう。

そういえば音楽という文化も魔族にはないな……とロクナは考える。

そして、以前ヴェルムドールが吟遊詩人の導入を検討していたものの、なかなか上手くいかないと悩んでいたことを思い出した。落ち着きのない魔族には、吟遊詩人の詩に耳を傾けるなどという文化は根づきにくいのだろう。

「いやあ、申し訳ない。準備に手間取ったようでしてな」

辺りを観察していたロクナの視界に、トルクレスタが現れた。

彼に差し出されたグラスを受け取ると、ロクナは笑みを浮かべて応える。

「いいえ、そんなに待ってはおりませんわ」

「ハハハ、そう言っていただけると助かります」

全員にグラスが行き渡ると、トルクレスタは満足気に頷いた。

「今日は大変良いお話ができました。ここは、互いの友好に乾杯ということでいかがでしょうか？」

「ええ、それでよろしいかと思いますわ」

ロクナも頷き返し、全員のグラスが掲げられる。

「では……両国の友好に」

乾杯の合図と共に、グラスが打ち鳴らされた。

こうした食事の場は、会議のような厳かな雰囲気ではできない会話をするために設けられるものだ。そして同時に、酒で口の滑りをよくして、情報を引き出すための場でもある。

……しかし。

今回の場合は、それは当てはまらない。

ザダーク王国の情報を最も多く握っているロクナは自制することを知っている。

一番口を滑らせそうなアルムは、ほとんど情報を持っていないし、ルモンに世話を押し付けているから大丈夫だろう。

マルグレッテはそこそこ情報を持っているが、アルテジオに任せておけば安心だ。

だから、この食事会でサイラス帝国がこちらから情報を引き出そうにも、何も得ることはできない。

そのことを理解しているかどうかは分からないが、早速マルグレッテにメルメリスが近寄っていった。

「こんばんは、マルグレッテ殿」

「え？　あ、はい。メ、メルメリス殿でしたよね？」

「はい。鉄の第四席を預かるメルメリスでございます」

メルメリスは柔和な笑みを浮かべると、すぐに頭を下げる。

「先ほどはアゾートが無礼なことを申し上げまして……代わりに謝罪させていただきたい」

「え、ええっ⁉」

「無論、私などに謝罪されても何の償いにもならぬことは理解しています。しかし、アゾートが代表団として参加している以上、彼女の無礼は我が国の無礼、このままお帰りいただくわけには……」

「ちょ、ちょっと待ってください！」

バタバタとマルグレッテは手を振り、メルメリスの言葉を遮る。

「そ、そんな謝罪されるようなことじゃ……」

「いえ、そういうわけにもいきませぬ」

頭を下げようとしたメルメリスを、マルグレッテは慌てて止める。

「わ、私は別に気にしてませんから！」

「……そうですか。寛容なお心に感謝いたします。ならば、この話はやめましょう。別の話をすることをお許しいただけますか？」

「え、ええ。勿論《もちろん》です！」

ほっとしたような笑顔で言うマルグレッテに、メルメリスも笑顔で応える。

さりげなくアルテジオがガードするが、心配ないと言うようにマルグレッテはアルテジオにそっと触れた。話してよいことと話すべきでないことは、きちんと選別できる。

「……ふーん」

そんなマルグレッテの様子を見ていたルモンは、船の端でグラスを傾けていた。

ロクナにアルムを見張っていろと言われたが、アレは心配ない。

ちょっと接していて、すぐに分かったのだ。

アルムの中には、確かな知性の輝きがある。面倒臭くなると馬鹿になったフリをするだけなのだ。

しかも本気で何も考えなくなるから、誰もそのことを見抜けない。

今だってそうだ。酒をガパガパ飲んでテーブルの上で踊りだしているが、同時に油断なく辺りを魔力で探っている。

一見馬鹿みたいに思える程派手な身振り手振りは、それを誤魔化すためのものだ。

ルモンのように、そうだという確信を持って見ていなければ分からないだろう。

「……なんだい、こんな所でぼーっとして」

かけられた声に、ルモンは視線だけを向ける。

そこには、炒り豆をボリボリと齧《かじ》るアゾートの姿があった。

アゾートは豆を呑み込むと、ワインを口に含んでゴクリと喉を鳴らす。

そうしながらルモンの回答を待っているのは明らかで、ルモンは微笑を浮かべながら答えた。

「いやあ、賑やかな雰囲気が苦手でして。こんな所まで逃げてきちゃいました」

「ふうん？　そうは見えないけどね」

アゾートはルモンの隣に立つと、先ほどまでルモンの視線が向けられていた方を見る。

そこでは、アルムとエイルハルトが腕を組んで踊っていた。

「あーらら、エイルハルトってば。ノリに流されてるね、ありゃ」

「ふふふ、楽しそうじゃないですか」

気がつけば、音楽までもが楽しげでノリのよいものに変わっていた。

そんなアルム達に視線を向けたまま、アゾートはルモンに話しかける。

「アタイはさー、母さんから称号を継いだのさ」

「まあ、そうでしょうね」

「ブレードマスターの称号っていうのは軽くない。受け継ぐってことは、覚悟と責任も引き受けるってことだ」

「なるほど。それは大変そうです」

適当に相槌《あいづち》を打つルモンに、アゾートは目を細める。

「……ああ、大変さ。面倒臭いと思っても、首を突っ込まなきゃならんこともあるからね」

「お察しします」

「そうかい」

アゾートはそう言うと、ルモンの視界に割り込んで囁《ささや》く。

「なら一つ、教えちゃくれねえかい？」

「何をでしょう。魔王様のことなら答えられませんよ？」

「いいや、違うさ。アタイは、お前のことが知りたいんだ」

獰猛《どうもう》な響きを帯びるアゾートの言葉にも、ルモンは笑顔を崩さない。

「僕ですか？　ハハ、僕はそんなに強くもないですよ？」

「そうかい？」

「ええ、そうですよ」

笑うルモンに、アゾートも笑みを返す。

「そうならいいんだけどな」

どうにも、アゾートにはそう思えなかった。

ルモンの放つ気配は、ザダーク王国の代表団の中では普通だ。目立ちすぎず、埋もれすぎず。平たく言えば、凡庸だ。だからこそ、気づくのが遅れた。

「アタイにはお前が、何かとてつもなくヤバイものに見える。でも、此処《ここ》で何かをしようって風にも見えねえ」

「買いかぶりですよ。僕は、魔王様の忠実な……まあ、下っ端とは言いませんが中間管理職です」

彼と同じですね、と言ってルモンはエイルハルトを指差す。

アルムと楽しげに踊るエイルハルトをチラリと見て、アゾートはハッと笑った。

「お前がその言葉の通りなら、アタイもこんな気を回さずにすむんだがな」

「おや、僕みたいな雑魚をそんなに気にかけるなんて……意外に繊細なんですか？」

おどけるルモンを一睨《ひとにら》みすると、アゾートは荒い溜息をついた。

「英雄なんつーのはよ。適度に空気を読まない馬鹿であるべきなんだ。賢《さか》しい英雄なんてのは、あらゆる意味でウザがられるだけさ。めんどくさく生きたいってんなら話は別だがよ」

「実感がこもってますね？」

「ルゥおばさんを見てりゃ、嫌でも気づく。テリアさんもそうだったしな……」

英雄とは崇められるものだ。

生まれながらにして英雄たる宿命を背負ったアゾートもまた、それに相応《ふさわ》しく生きてきた。

しかし同時に、政治には関わらないように細心の注意を払ってもきた。自分が関わることで、どれだけの人が翻弄《ほんろう》されるかを、よく知っていたからだ。

だからこそ、アゾートは利用されないように常に留意している。全ての役職を固辞し、一個人であり続けているのだ。

「魔王殺しの英雄達ですか。最近は、こっちの国にも本が入ってきてますよ」

「ハン、勇者伝説か。あんな本、所詮《しょせん》子供向けさ」

「おや、手厳しい。自分のお母さん達のことじゃないですか」

ルモンが苦笑すると、アゾートは舌打ちをしてグラスを傾ける。

「母さん達は……勇者様達は、真っ直ぐを貫き通したさ。でも、常に快進撃だったわけじゃない。相応に挫折もあったし、血と涙で踏み固めた道を歩いてた。そこから綺麗な部分だけ抽出したものなんか、子供向けの御伽噺《おとぎばなし》も同然だろう」

恐らく、母から色々と聞いているのだろう。

その話をルモンは聞いてみたい気もしたが、そうですか、とだけ言って曖昧《あいまい》に笑った。

「あ、そういえば。聞いてみたいことがあったんですよ」

「んだよ」

面倒臭そうに言うアゾートに、ルモンは興味津々といった目で問いかける。

「結局勇者リューヤって、その後どうしたんですか？　何処《どこ》にも語られていませんよね」

「ん……まあ、知ってるっちゃ、知ってるけどよ」

アゾートはそう言うと、ルモンに背を向ける。

「教えてやらん。勝手に想像して楽しむんだな」

「えぇー？　ひどいですよ。教えてくれたっていいじゃないですか」

「嫌だね。アタイの質問を誤魔化したお前に答えてやる義理はねーよ」

そう言って、アゾートはルモンからスタスタと離れていった。

ルモンはそれを苦笑と共に見送り……そういえば、と視線でアルムを探す。

すると、何やらアルムが一発芸をしているのが見えた。

初対面の者には多才な美少女に見えるのかもしれないが、怪しげな老人姿だった頃のアルムを知る者からすれば非常に微妙な気分だろう。

「……うーん、ちょっとほっといたら凄いことに。どうしようかなあ、アレ」

しばらく悩んだ後。

「ま、あのくらいならイメージ戦略ってことでいいよね」

そう呟いて、ルモンは星空を見上げるのだった。

37

船上パーティは一部騒がしく、概ね和《なご》やかに進行し……やがて、演奏される曲が静かなものに変わった。

パーティが終わりに近づき、トルクレスタとロクナは和《なご》やかな雑談風の駆け引きをピタリと止める。

「……ふむ。今日は良い時間を過ごせました」

「こちらこそ。本当に有意義でしたわ」

互いに笑顔を交し合い……そこでふと、トルクレスタが笑みを消す。

「ところでロクナ殿。貴国で、我が国の者を保護していないだろうか？」

「質問の意図が分かりかねますわ。明確な回答を求めるならば、明確な質問を願います」

ロクナの返答に、トルクレスタは言葉を選ぶようにしながら囁《ささや》く。

「そう、ですな……我が国へと帰ってくる途中だったボルキオという者が、船ごと行方知れずになったという事件がありましてな。まだ船の安否すらも不明な状況でして……マルグレッテ殿を見て、もしかしたらそちらに辿《たど》り着いている可能性もあるかと思ったのです」

此処《ここ》で仕掛けてくるか、とロクナは内心で舌打ちした。

しかし、問題はない。回答はすでに用意している。

「ボルキオ、ですか。その方と同一人物かどうかは分かりませんが……ボロボロの大型船と思《おぼ》しきものが辿《たど》り着いたことはあります」

ロクナの言葉を聞き、トルクレスタの眉がピクリと動く。

しかし、それ以上に動揺の色は見えない。

「ほう。大型船ですか」

「ええ、ボルキオと名乗る人物を含め合計三十人だったと記憶していますが」

その言葉を、トルクレスタは慎重に吟味する。確か報告では三十名で正しかったはずだ。

「……なるほど。恐らくはそれが私達の探しているボルキオでしょう。ボルキオ達は、今何処《どこ》に？」

「分かりません」

ロクナはそう答え、肩を竦《すく》める。

「彼等はある日突然、我が国を離れました。その後の生死までは分かりかねます」

嘘はついていない。突然ザダーク王国を離れたのは事実だ。

その直後、電撃砲《ボルテニクス》を叩き込んで木っ端微塵にしたとは聞いているが、生死は確認していないので不明である。まあ、生きているとも思えないのだが。

「……そう、ですか」

「ええ。襲撃を受けたらしく怪我人もいましたから、せめてそれが治るまではと思っていたのですが」

痛ましそうな顔をするロクナを、トルクレスタは静かに見つめる。

「襲撃、ですか。何処《どこ》の誰による襲撃と言っておりましたか？」

「アルヴァに襲撃されたと。そう言っておりました」

「ほう」

いつの間にか、他の者も皆ロクナ達の会話を聞いて注視していた。

しかし、本人達はまったく気にした風もなく会話を続けていく。

「アルヴァというと、魔族という認識なのですが。そちらの国民の暴走……ということですかな？」

「いえ、アルヴァはザダーク王国の指揮下にある魔族ではありません」

「その証拠は？」

「仮にアルヴァが私達の仲間であるならば、ボルキオ達の一件を亜人嫌いな聖アルトリス王国の仕業に見えるよう工作させますわ。そのほうが楽でしょう？」

「……確かに」

トルクレスタは納得したように何度か頷くと、ロクナに手を差し出した。

「疑うような言い方になったこと、ご容赦《ようしゃ》ください。しかし、聞いておかねばならないことでした」

「憂《うれ》いは取り除いておくに越したことはありませんわ」

ロクナはそう言って、トルクレスタの手を握り返す。

ロクナは何一つ嘘を口にしていない。ただ、自分達に不都合なことを語らないだけだ。

「さて、ではこれでお開きといたしましょうか」

「そうですね。現地解散……ということでよろしいのですか？」

「ええ、構いません。我等もこのまま出航いたしますので」

トルクレスタにロクナは頷き、ザダーク王国代表団のメンバーに声をかける。

「全員撤収します！　各自、転移なさい！」

その言葉に答え、アルテジオがマルグレッテを抱えた。

ルモンが、アルムが……次々に転移していく。

「さて、それでは私も失礼いたしますわ。どうか次に会う時までお元気で」

「その時は、すぐに来ることでしょう」

「期待しておりますわ」

その言葉を残し、ロクナも転移して消える。

そうしてグレスレータの甲板に残されたのは、メタリオ達のみになった。

「……アルヴァ、か」

「信用されるのですか？」

バルトロイの問いに、トルクレスタは沈黙する。

「……トルクレスタ殿！」

「先程の答えに、矛盾はない。今言えるのはそれだけですな」

「しかし！　アルヴァが仲間でないなどと……！」

「バルトロイ殿。疑ってかかるのはよろしくありませんぞ」

語気の強くなったバルトロイの言葉を、メルメリスが遮った。

「くっ、しかし……あの言葉を認めてしまえば、奴らにしらを切る許可を出したも同然ですぞ！

今後アルヴァどもが我が国で何を仕出かそうとも、奴らに責任を……」

「……バルトロイ、いい加減黙れ」

そこで、トルクレスタはメタリオ本来の口調へと変わった。

今までの穏やかなものとは全く違う威圧を含む声に、バルトロイは黙り込む。

「現時点では、ザダーク王国の関与を疑う証拠も理由もない。それどころか、ボルキオ達の話が事実ならば、感謝せねばならん立場だ。それを忘れるな」

「……分かって、いる」

「ならばいい。とにかく、今日の会談の結果を持ち帰るぞ」

トルクレスタが片腕をあげると、それを合図にグレスレータの出航準備が始まる。

自室に戻っていくトルクレスタに、アゾートは欠伸《あくび》をしながらついていった。

船内通路を中ほどまで進んだところで立ち止まり、トルクレスタは振り返らないまま口を開く。

「アゾート殿は、どう判断された？」

「どうもこうもねえよ。今の材料じゃ判断できない。それが全てだろ」

「……そうか」

嘆息するトルクレスタの背に向けて、世間話でもするかのようにアゾートは話しかける。

「……でもまあ、このまま交渉は続けるべきだと思うぜ」

「理由を聞いてもよろしいか」

「どうせ同じ結論のクセに、聞く必要があんのかい？」

黙ったまま歩き始めたトルクレスタに肩を竦《すく》め、アゾートは答える。

「交渉を続行しない理由がないってのが一つ。あとは……そうだな。今後情勢がどう動くにせよ、ザダーク王国は必ず鍵になる。だから、だな」

「……そうだな。その通りだ」

交渉を続行しない理由はない。今の情勢を鑑みれば、このまま友好を結んだところでサイラス帝国には不都合などほとんど発生しないのだから。

ただ、サイラス帝国内でも勇者伝説は強く根づいている。

シュタイア大陸ではアルヴァやゴブリン達が暴れていることもあり、魔族への忌避感も過去から変わっていない。

そんな状況で「魔族と友好を結ぶ」と言ったら、当然納得できない者も出てくるだろう。

さらに、このタイミングで攻撃の痕跡の残るクリオエル号の破片が見つかるという事態が重なった。

国内ではすでに、魔族の襲撃によるものという噂も流れ始めている。

それどころか、クリオエル号が沈んだのは魔族の怒りに触れたからで、彼等に恐れをなした「銀」達が皇帝に対して魔族への隷属を勧めている……などという噂まで一部で流れている始末だ。

しかし商人達には、ザダーク王国の魔族に対する忌避感はあまりない。

むしろサイラス帝国も直接取引を行うべきだという意見すら出てきているところを見るに、実際に友好関係を結べばネガティブな噂は払拭できる可能性もある。

もし今代の魔王が真に善であるならば、それと友好的な関係を結ぶことは今後の皇帝の権威の維持にも役立つ。同時に、誰もが望み続けてきた真の平和にも繋がることだろう。

だが、もしも――もしも全てが偽りで、今代の魔王が悪であったならば。

「……アゾート殿。貴女《あなた》なら、魔王に勝てるか？」

「負けるつもりで戦う奴はいないさ」

そう言いながら、アゾートは不敵に笑う。

「でもまあ……アタイ一人で勝てるほど甘くはないだろうね。もし今回の魔王が悪なら、国として纏《まと》まってる分、前回より余程厄介だ。それを崩せる奴がいるとすりゃあ……」

「……勇者か」

苦々しげに、トルクレスタは呟く。

トルクレスタは直接勇者を見たことはない。

しかし伝説によれば、勇者は不可能を可能にし、正しきを勝利へ導く存在であるという。

聖アルトリス王国による誇張が大分含まれているだろうが、実際に少人数で魔王シュクロウスや大魔王グラムフィアをも打倒している。

そして今のところ、勇者を召喚できるのは聖アルトリス王国だけだ。

「……まったく。頭の痛い話だ」

「政治家さんは大変だな」

「アゾート殿が銀に入ってくれれば、私は早々に引退するのだがな」

「二席を継げってか？　冗談じゃねえよ」

けーっと吐き捨てるように言うアゾートに、トルクレスタは振り返ってニヤリと笑う。

「いや……その時は、シャイアロンドを一席から引き摺り下ろしてやろう。くくっ、面白そうじゃないか。ん？」

「マジで勘弁してくれよ……。アタイは政治に関わるつもりはねえんだからよ」

「才はあると思うのだがな。剣の才であれば、ほれ……妹殿の娘にも充分すぎる程にあるだろう。いっそ彼女をブレードマスターの後継者に据えてみるというのはどうかな？」

「……だぁからよぉ。あの甘ちゃんには無理だって」

そんな冗談交じりの会話に移行していく二人を乗せたグレスレータは、帝都ドークドーンに向けて進んでいく。

こうして、ザダーク王国とサイラス帝国の秘された第一回目の会談は終了したのだった。

38

「……ふう。これで今日の業務は終わりか？」

「はい、お疲れ様でした」

ザダーク王国の魔王城にある魔王執務室で、ヴェルムドールは大きく伸びをした。

今イチカに渡した書類で、アルテジオ達が不在の分のサポート業務は終了だ。

彼等は今日帰ってくるため、ようやく通常の体制に戻れる。

「……考えてみれば、アルテジオには負担かけっぱなしだからなあ。もう二、三日くらい仕事を代行して、纏《まと》まった休みを与えるのも俺の責務かもしれん」

ヴェルムドールの呟きを聞きながら、イチカは渡された書類を手早く確かめる。

北方軍には北方軍のリズムがあるから気にしなくていいと思うのだが、その心意気は為政者として素晴らしいものである。

だから、意見を求められるまではイチカは発言しないことにした……のだが。

「……ちょっと。冗談じゃないわよ。責務だ何だっていうなら、北方軍の人材増やせばいいじゃないの。それとも私に対する負担は考慮しないつもりかしら」

抗議を受け、ヴェルムドールは執務室に臨時に置かれた机の方へと目を向ける。

そこには机に突っ伏したイクスラースの姿があり、上目遣いにヴェルムドールを睨《にら》みつけていた。

「いや、お前には感謝しているぞ。期待以上の働きだ」

ヴェルムドールの真面目な返答に、イクスラースは露骨に舌打ちを返した。

「だぁかぁらぁ。北方軍の人手を増やしなさいよ。できるんでしょ？」

「ふむ」

イクスラースが言っているのが雇用ではなく魔族創造のほうだと悟り、ヴェルムドールは曖昧《あいまい》に頷いた。

「それも考えないわけではないんだがな。そういう時期は過ぎたとも思っている」

「何がよ。現実問題として人員不足に直面してんじゃないの」

「だからだな。今は必要な人材を造るよりも、育てることに移行していくべきなんじゃないかと考えている」

ヴェルムドールの魔族創造の能力は確かに便利だ。必要とする者を必要な時に生み出せる力は、ザダーク王国の根幹を支えてきたといってもいい。

「実際、今のザダーク王国を動かしているのは四方将《しほうしょう》と四方軍……つまり、この国に元々いた魔族達の力が大きい。中央軍はほぼ俺が作った魔族だが、まあ……中央軍の業務は実務というより、統括的なもののほうが多いしな」

「ふーん。それで？」

「つまり、だ。俺が必要な人材を造って補填《ほてん》しなくても、各軍で必要な人材を見つけ育てていくことも可能であるし、今はそうしていくべき時期だと考えているわけだ」

無論、緊急に必要な人材――たとえば外交官のナナルスのように、育てる時間がなく、誰にもノウハウがない能力が必要とされる場合には、今後もヴェルムドールが造らなければならないだろう。

しかし、そうでなければそれぞれの軍で解決できる。国という形態である以上、近いうちにそういう方向へシフトしていくべきだと考えているのだ。

「……まあ、言ってることは分かるわよ？」

イクスラースは身体を起こすと、コキコキと肩を鳴らす。

「でもね。現実として今この瞬間、人が足りてないじゃないの。北方軍の業務の重要性を考えれば、アルテジオが抜けるだけでこうなる今の状況は極めて不安定だわ。ええ、たとえ今が観光関連で業務量が一時的に増大しているとしても、よ」

「む……」

「どうしても育てる方向でいくって言うならせめて、北方軍の業務体制をこの機会に見直すべきよ。あるいは予算組んで大幅な人員増加をすべきね」

イクスラースの指摘に、ヴェルムドールは黙って考え込む。

その様子をイチカは黙って見守り……お茶を淹《い》れて来ます、と言って部屋を出た。

そして、イチカと入れ替わりでロクナが部屋に飛び込んでくる。

「ヴェルっち、今帰ったわよ！　ってあら、イクスラースじゃないの。何してんのアンタ」

「いきなりご挨拶ね。仕事のサポートしてたのよ」

「あら、そうなの。ご苦労様、今度何か奢《おご》ったげるわ」

そう言うと、ロクナはヴェルムドールへと向き直る。

「ああ、お帰りロクナ。アルテジオ達はもう帰ったか？」

「ええ。報告はあたしだけでいいって言ってたでしょ？」

「まあな」

それを聞いて、イクスラースは溜息をついた。

他の国であれば、こうした時は謁見の間で帰還報告をするのが普通である。そこで概要を仰々しく聞き、王から何かお褒めの言葉をいただき……などといった儀式じみたことを行うのだ。

しかし、ヴェルムドールはそれを無駄だとバッサリ切り捨ててしまっている。

このヴェルムドールとロクナの距離感も、普通の王と臣下の関係ではありえないのだが……ある意味でこれも、ザダーク王国の特長といえるのだろうか。

「で、向こうの反応はどうだった？」

「そうね……交渉自体は普通に終わったわ。多少やりにくい相手ではあったけど、逆に言えばそのくらいかしらね。詳細な結果は後でまとめるけど、その時に今後の方針についても相談させてほしいわ」

ロクナの報告を聞き、ヴェルムドールはふむと頷く。

「ああ、分かった。だが、基本的にはお前主導で進めてくれ」

「へ？　いいの？」

「ああ、構わん。こちらに損が出ない程度であれば、妥協してもいい」

ヴェルムドールの言葉にロクナはキョトンとし、イクスラースは何かに納得したような表情をみせる。

「まさかとは思うけど、貴方《あなた》……」

「ああ、その通りだ」

イクスラースに、ヴェルムドールは頷いてみせる。

「サイラス帝国との交渉は、成立を最優先してくれ。大切なのは、友好そのものだ」

サイラス帝国と友好を結ぶ最大の目的はそこである。

友好によって得られる何かではなく、友好そのものがヴェルムドールにとっては重要なのだ。

「……どういうこと？」

「そうだな……まず、俺は人類を基本的に信用していない」

人類には「社会全体の正義」という厄介極まりないものがある。個人の垣根を超えた未来のための行動、とかいうものだ。そしてそれは、良心の呵責《かしゃく》という形で「実行せよ」と人類を苛《さいな》み続ける病でもある。

かつてヴェルムドールが手を差し伸べたボルキオも、結局は「社会全体の正義」、人類の平和を守るために厚意を裏切り、魔王の存在を世界に警告すべく暗黒大陸を出航した。

これはもはや、どうしようもないことだ。

ジオル森王国の王であるサリガンは、魔族への偏見を失くすようにヴェルムドールが少しばかり命の種を弄《いじ》ったのだが、まさか人類全体にそういう処置を施すというわけにもいかない。

だからといって、王族だけを弄《いじ》ればいいという話でもない。

キャナル王国を見れば分かるように、「社会全体の正義」は時として王権をも打倒しようとする。

急に王の方針が変わったとなれば、キャナル王国のように内乱に発展する可能性もあるだろう。

その内乱の原因はヴェルムドールだと人類が結論づければ、それは間違いなく勇者戦争の再来を意味する。それだけは、回避しなくてはならない。

「まずは友好という関係を結ぶことが重要なんだ。魔族とは手を取り合えるという、常識を作らなければならない」

ジオル森王国――シルフィド達と友好を結ぶのは、比較的容易だった。

彼等は元々、長寿ゆえの孤独を抱えていた。同じ時を生きるシルフィド同士のコミュニティに閉じこもる傾向があり、戒律で自分達を縛って生きていた。

そして、聖アルトリス王国の暴走ともいえる亜人論の高まりでさらに孤独を深め……その折に、魔族の国であるザダーク王国が現れた。

王の側近の説得に少々手間取りはしたものの、同じ時を生きることのできる魔族の存在は、シルフィドにとっては予想以上に大きかった。特に、自分達とほとんど同じ姿である魔人――具体的に言えば、物腰柔らかく教養のあるナナルスの存在は衝撃的だったようだ。

そのナナルスを通して、ジオル森王国のシルフィド達は友好記念のパレードに出ていた魔人達の姿を思い出したのだ。

魔王であるヴェルムドールを筆頭に、自分達と変わらぬ姿で、変わらぬ時を生きる魔族達の王国。

しかも、聖アルトリス王国などより、理解しあえる可能性がある。

だからこそ、過去の盟約と天秤にかけた結果、ジオル森王国の民はザダーク王国という存在を受け入れた。そして両国の関係は、現在の観光計画により進展中でもある。

「常識……」

「そう、常識だ。魔族とは分かり合える。仲良くできる。この常識が、魔族滅すべしという常識を駆逐する。それでようやく、始まりだ」

そう、そこでようやく始まる。

魔族を一方的な悪とみなさない常識が生まれて初めて、社会全体の正義の方向性が変化する。

魔族を滅するのは正義なのか——その疑問を差し挟むことが可能になるのだ。

「勇者を召喚させる隙など作らん。だから、ロクナ……期待している」

様々な思いを込めたその言葉に、ロクナは静かに頷くのだった。

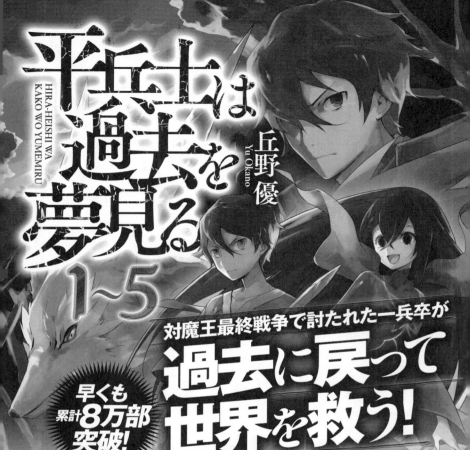

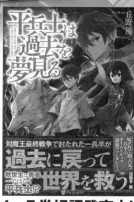

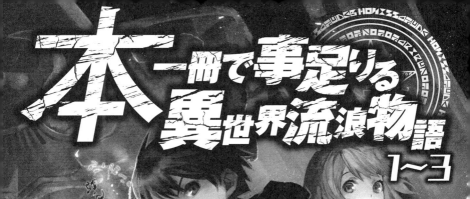

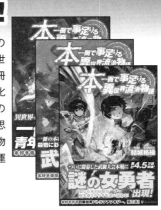

2016年初頭 Re:Monster
ゲームアプリ解放《リリース》予定!!
どう考えても死んだはずなのに
めざめるとなぜかゴブリン
だった・・・
Re:Monster
リ・モンスター
喰えば喰うほど強くなるRPG!
じゃよ
2015年12月18日 事前登録開始!!
詳しくは
http://remonster.jp/
にアクセス!
【Android】Google Play
【iOS】App Store
で提供予定。
携帯サイトはこちらから!
©2000-2015 AlphaPolis Co.,Ltd. All Rights Reserved.

ネットで話題沸騰！
アルファポリスWeb漫画
面白い漫画が毎週読める!!
ALPHAPOLIS
アルファポリス COMICS
ゲート GATE
自衛隊　彼の地にて、斯く戦えり
Yanai Takumi
原作：柳内たくみ
Sao Satoru
漫画：竿尾悟
THE ザ・ニュー・ゲート NEW GATE
原作：風波しのぎ
漫画：三輪ヨシユキ
月が導く異世界道中
Tsukiga Michibiku Isekai Douchu
原作：あずみ圭
漫画：木野コトラ
Bグループの少年X
原作：櫻井春輝
漫画：茜幸
黒の創造召喚師
The Black Create Summoner
原作：幾威空
漫画：たくま朋正
人気連載陣
●転生しちゃったよ（いや、ごめん）
●異世界転生騒動記
●ワールド・カスタマイズ・クリエーター
●地方騎士ハンスの受難
●物語の中の人
●強くてニューサーガ
●スピリット・マイグレーション
and more...
原作 椎名ほわほわ
漫画 六堂秀哉
とあるおっさんのVRMMO活動記
原作：金斬児狐
漫画：小早川ハルヨシ
Re:MONSTER リ・モンスター
選りすぐりのWeb漫画が無料で読み放題！
今すぐアクセス！
アルファポリス 漫画
検索
アルファポリスアプリ
スマホでも漫画が読める！
App Store/Google play でダウンロード！

天野ハザマ（あまのはざま）
好きなモノはファンタジーと猫。2013 年からウェブ上にて「勇者に滅ぼされるだけの簡単なお仕事です」の連載を開始。瞬く間に人気を得て 2014 年、同作にて出版デビュー。

イラスト：ジョンディー
http://ameblo.jp/johndee

本書は、「小説家になろう」（http://syosetu.com/）に掲載されていたものを、改稿のうえ書籍化したものです。

勇者《ゆうしゃ》に滅《ほろ》ぼされるだけの簡単《かんたん》なお仕事《しごと》です 7

天野ハザマ（あまのはざま）

2015年 12月 28日初版発行

編集ー篠木歩・太田鉄平
編集長ー塙綾子
発行者ー梶本雄介
発行所ー株式会社アルファポリス
〒150-6005 東京都渋谷区恵比寿4-20-3 恵比寿ｶﾞｰﾃﾞﾝﾌﾟﾚｲｽﾀﾜｰ5F
TEL 03-6277-1601（営業） 03-6277-1602（編集）
URL http://www.alphapolis.co.jp/
発売元ー株式会社星雲社
〒112-0012東京都文京区大塚3-21-10
TEL 03-3947-1021
装丁・本文イラストージョンディー
装丁デザインー下元亮司
印刷ー株式会社廣済堂

価格はカバーに表示されてあります。
落丁乱丁の場合はアルファポリスまでご連絡ください。
送料は小社負担でお取り替えします。

ISBN978-4-434-21508-7 C0093